D1933236

rowohlt
BERLIN

16-10-

STRAWBERRY FIELDS BERLIN

JULIAN HEUN · *Roman* · Rowohlt · Berlin

1. Auflage März 2013
Copyright © 2013
by Rowohlt · Berlin Verlag GmbH, Berlin
Alle Rechte vorbehalten
Satz aus der Alegreya PostScript bei
Dörlemann Satz, Lemförde
Druck und Bindung CPI – Clausen & Bosse, Leck
Printed in Germany
ISBN 978 3 87134 498 5

«There must be some way out of here
said the joker to the thief»

BOB DYLAN

und suchst du das nicht auch
irgendein weitdadraußen
fern von den ganzen schweinen
ein weitdadraußen das leuchtet
entwaffnend und entwurzelnd schön
in einer noch nie gesehenen farbe
neoneon oder so
ein funken der vorbeizieht
verglühend vor wahrhaftigkeit vor idee
nicht einfach zum festklammern
sondern sodass man darauf reiten kann
oder zumindest treiben ach
weißt du was ich meine?

1. TEIL

SCHÜTTLER. BERLIN. «Kitschscheiße, widerwärtige De-luxe-Kitschscheiße – und»

ROBERT. «Ein Funke, der vorbeizieht, verglühend vor Wahrhaftigkeit, ach, weißt du, was ich meine?»,
hatte Luca gesagt, halb zu sich, halb zu mir, wie ein Mantra, das ich eigentlich mitsprechen sollte. Vielleicht sind zwei, drei Worte etwas schöngeflunkert, aber im Grunde ist alles wahr. Soweit man das sagen kann, denn häufig weiß ich nicht mal so genau, ob ich mir überhaupt selber glauben soll. Schatten wie kalligraphische Kringel auf ihrem Hals.
«Ja»,
war meine Antwort. Und so fing das an.

SCHÜTTLER. BERLIN. «Kitschscheiße, widerwärtige De-luxe-Kitschscheiße – und das in sieben Porträts à hundertzwanzig Zeilen. Das wird unsere Mauerfallausgabe. Der Leser darf die Augen nicht vom Papier kriegen vor Rührung, bis zur letzten Seite. De-luxe-Kitschscheiße, von langer Hand vorbereitet. Das muss von langer Hand geplant werden, noch diesen Monat fangen Sie mit Ihrem Porträt an. Jetzt zur Nacktmalerin! Wie war's?»
Mein Blick geht zu Wieland, dann aus dem Fenster, zu lang aus dem Fenster.

«Gut.»
«Nein, Schüttler, Sie verstehen wieder nicht. Ich will hören, wie *sie* war!»
«Na ... gut, wirklich gut. Einige Sätze, die reinhauen, bäm, bäm. Ich würde sagen, man muss die Zitate ein bisschen anrichten, und der Artikel wird 'ne schicke Geschichte.»
«Schüttler!»
«Was denn?»
«Es kratzt mich nicht, was die Usche gesagt hat. Und was Sie wie anrichten. Die Titten, Schüttler, die Titten! Groß? Knapp? Prall? Tütig?»
«Was, bitte? Tütig?»
«Schüttler! Wenn wir eine Nacktmalerin bringen, eine Nacktmalerin, Schüttler, dann müssen die Titten der absolute Knaller sein. Wenn es nur 'ne drittklassige Swingerclubpomeranze ist, streiche ich das. Ganz. Und Sie wissen doch genau ... Nun?»
Ich weiß es: Ich muss «etwas bringen». Wie ein Präpubertärer antworte ich mit einer wiegenden Geste. Wieland feixt. Von wegen Pomeranze. Sie war, ach, und ich auch, geil! Gleich werde ich massiv Kaffee trinken, denke ich. Wielands Grienen. Es spiegelt sich fratzig auf der Oberfläche der milchglasigen Schreibtischplatte. Wie sich überhaupt alles spiegelt: Draußen im Dunstflirren spiegeln die Glasfronten des Verlagsgebäudes, arktikblau, stahlstrebendurchrastert, sie spiegeln den Fluss und seine Wellen, und das Metalldach des Nachbargebäudes spiegelt den Himmel. Weiß vor Hitze. Dahinter die anderen Würfelgebäude, und die Menschen kriechen darin durch die glänzenden Flure, und ich ahne Fische im Fluss, und alles reflek-

tiert, reflektiert wieder zurück und ist gleichzeitig auch transparent.

Dann versiegt Wielands Grinsen, und er setzt seinen üblichen Mund auf, geschäftig und spöttisch. Schnalzend rollt er sich hinter seinen Bildschirm und winkt mich raus. Geschäftig. Beim Türschließen denke ich an die Fotos und daran, wie Wieland über sie staunen wird. Dazu ein paar schäkernde Zeilen, und ich kann den Rest des Tages verbummeln. Der Artikel muss mit Tempo erzählen, schnelle, bildstarke Schwenks, und das ist genau mein Metier. Ich schreibe rasant, ich schreibe gut, nur nicht gründlich. Und dann der Kaffee. Viel Espresso ist gut gegen den Kater, ja, doch. Da spüre ich es ganz plötzlich in den Mundwinkeln: Ich lächle.

ROBERT. BOEING 777. Das Gefühl, als die Turbinen dröhnten, beschleunigten, mich beim Abheben endgültig herrlich in den Sitz drückten, ist geblieben, beim Schub spürte ich ein breites Glühen im Rücken. Etwas Sexuelles ist dabei. Ich bin allein und auf dem Weg, und es fühlt sich überirdisch an. Aber all das dürfte nichts sein, gar nichts, nicht das allergeringste, futzelkleine Molekülbisschen gegen Strawberry Fields. Die verkitschten Alpen sind schon lange vorüber, unten jetzt ist die Türkei als ockerne Platte. Durch das Flugzeugdoppelfenster betrachtet, liegt sie uninteressant herum wie eine ungleich geschnittene Scheibe Dinkelbrot. Es ist ja auch der falsche Weg. Fliegen ist Antipilgern. Das Richtige – klar – wäre der Landweg, der heilige Hippietrail. So langsam reisen, dass auch die Seele Schritt hält. So heißt es doch. Dabei muss ich an ein Buch denken: ein Typ, im Mittzwanziger-Taumel, Philosophiestudent, Spätsommer 1967, auf dem Hippietrail – herrlich perfekte Bedingungen also. Beim Lesen seiner eklig anheimelnden Spinnerworte schnürte es mir fast die Kehle zu. Mies war es. Ich hab sogar einmal auf den Teppich gerotzt und den Fleck dann schnell mit dem Hausschuh verrieben. Klar, das war affig, aber alle zwei Seiten musste ich denken: Was für ein verwirrter Idiot das doch ist. Ich, in seiner Situation, hätte alles besser und schöner und wahrer gemacht. Er hatte sogar eine Freundin. Auf den Hippietrail mit der Freundin – das muss man sich mal reinziehen. Amateur. Mir passierte das nicht. Wie erbärmlich: Vorzügliche Bedingungen für den Trip der Trips, und dann verschlurfte er es derart. Amateur. Ich weiß, wie man es anstellen müsste.

Den Grundton, sozusagen den Beat der Tour, gibt der viel zu billige, um einen kaum möglichen Preis erstandene Bus an. So beginnt die Tour schon im Irrealen. Das ist gut. Der Bus, das sollte ein gebrauchter VW T1 sein. Vielleicht dunkelmint, unbemerkt vor sich hinrostende Achsen, die geteilte Frontscheibe und optimistisch aufgerissene Scheinwerferaugen. Niemals ein T2. Der T2 stand damals noch als glänzender Spießertraum in den Autohäusern. Heute hat er zwar ein Hippie-Image, jedoch nur, weil die Leute ihn nicht vom T1 unterscheiden können. Ein noch älterer, kastiger Mercedes täte es auch. Die sind größer, mehr wie Planwägen. Das spielt dann auf Furthur, den Magic Bus von Ken Kesey, an, auf die Merry Pranksters, Acid Tests, oder Uschi Obermaiers Bus. Auch nicht übel. So ein Karawanen-Feeling. Und wenn man dann unterwegs ist, folgt etwas, was es ja kaum mehr gibt: die schrittweise Entfremdung. Zuletzt ra-

sierte man sich auf einer Rasthoftoilette in Franken. Danach sprießt der Bart, die Haare sind ohnehin lang, es geht immer ostwärts. Die Gegenbewegung zum Fortschrittswahn folgt der Erdrotation. Im Erwartungsrausch fährt man zwischen schwarzem Nadelwald über Autobahnen durch Tschechien, Slowenien. In Ungarn liest man eine Tramperin mit ovalen Augen und einem bei jeder Bodenwelle scheppernden Tamburin auf. Rumänien. Einen kurzzottigen Bart hätte man schon in Istanbul. Dann Teheran, Kabul, wie Marco Polo über den Chaiber-Pass nach Peshawar. Wie ich daran denke, wird das Glühen um die Wirbelsäule immer breiter. Mein Magen pulsiert. Und wenn die tabakkrümeligen Bartspitzen schon in den Masala Chai hingen, dann ist man endlich in Kathmandu. Das wäre ein wahrhaftiger Trip. Und hätte der Öldurst von ein paar Colablütern nicht den Irak und Afghanistan verwüstet, wäre er auch noch möglich, sicher und bezahlbar, na ja, fast. Aber ich will ja ohnehin nicht in die Freak-Street in Kathmandu oder an den Anjuna Beach in Goa. Wir leben in anderen Zeiten. Deshalb das Flugzeug. Das ist okay.
Wenn ich ehrlich bin: Mein breiter Sessel, das kühle Kopfkissen – eigentlich ist es wirklich bequem, so bequem, dass ich sogar nur geringe Rückenschmerzen habe. Dieser Schmerz begleitet mich lange schon, kommt überall mit hin, spitz durchdringend, wie wenn ein Schraubenzieher drinsteckt. Aber was bedeutet denn schon bequem? Irgendetwas sehr Falsches zwischen Playmobil-Orient-Palast und Tupperdose ist das hier, denke ich sofort und reibe mir die Augen. Bald kommt das echte Indien, beruhige ich mich. «Bunt und wild», hatte Luca gesagt. Luca. Bald.

SCHÜTTLER. BERLIN. Verkokelter Espresso. Ich würde mich wundern, wenn der Espresso in dieser Bar einmal nicht verkokelt schmeckte. Aber ich mag das. Und auch die breiten Gehsteige, zerbrechliche Caféstühlchen, die Baustelle mit Teergeruch und etwas wie Zypressen beim Halbhingucken, für den genaueren Blick aber irgendein urdeutsches Unansehnlichkeitsgewächs, das seinen muffigen Stamm in diesem preußischen Mistsand nähren kann. Das nur hier wachsen kann, wenn man das überhaupt wachsen nennen kann.

«Das ist der Paul, mein Neffe», sagt Roman und grinst. Die beiden setzen sich an meinen Tisch. Ich glaube Roman kein Wort. Nicht Roman. Man sollte ihm nie glauben. Nicht, dass alles gelogen wäre, was er sagt, es ist nur nie richtig wahr.

«Wink mal, Paul.»

Paul winkt. Paul winkt und ist dick und ungefähr sieben Jahre alt. Ich kenne mich mit Kindern nicht so genau aus. Er könnte Romans Sohn sein oder ein Kind, das er frisch gekidnappt hat, oder tatsächlich sein Neffe. Im Grunde ist es aber auch egal. Paul sieht genervt aus. Vor dem Café zieht ein Nordic Walker vorbei und wird von einem Sportkinderwagen überholt.

«Wusstest du, Paul», sage ich, «wenn du Wassermolchen LSD gibst, entfärbt sich ihre Haut?»

Paul schaut interessiert, Roman winkt ab.

«Du glaubst aber auch alles. Und du Paul, glaub ihm nicht. Er ist ein Lügenbold.»

«Hab ich heute erst gelesen. Und Spinnen weben besonders feinmaschige, gleichmäßige Netze. Bei sehr viel LSD jedoch weben sie völlig unsinnige Muster.»

Als Roman auf der Toilette ist, geht alles ganz schnell. Aus einem bröckligen Hauseingang taucht ein Hipster auf: Röhre, riesige Fensterglasbrille, Achtziger-Trainingsanzugjacke in Lila, ja, lila, das Seitenhaar links zum Sidecut abrasiert – perfekt! Neben sich her schiebt er einen Schrotthaufen von Fahrrad, fern jeder Funktionstüchtigkeit. Besonders hipstermäßig ist, dass es keine Bremsen hat, sicher auch keine Gangschaltung. Ein entfernter Verwandter eines Rennrads. Ich reagiere sofort.

«Paul, pass auf, willst du dir zwanzig Euro verdienen?»

«Nee, lieber Eis.»

Der kleine Mann ist gewitzt. Ich mag keine Kinder, schon gar keine dicken Kinder, aber wenn sie gewitzt sind, geht es schon fast wieder.

«Gut, kleiner Mann, gut. Eis. Du kriegst ein Eis, wenn du dem jungen Mann mit dem Fahrrad, dem da drüben, sobald er vorbeigegangen ist, in die Hacken trittst. Wenn er sich dann umdreht, sagst du: Nimm das, Hipster!»

«Hibber?»

«Hipster, Paul, Hipster. Es gibt Eis, Paul!»

«Wie viele Kugeln?»

«Wie viele schaffst du? Fünf?»

«Ich will zehn!»

«Wie du willst, zehn.»

«Man darf nicht treten.»

«Ja, das stimmt. Aber heute darfst du es. Ich erlaube es dir, du kriegst zehn Kugeln Eis, und der junge Mann freut sich bestimmt. Und falls er böse wird, dann beschütze ich dich.»

«Okeydokey.»

Paul nimmt seinen Finger aus der Nase und steht auf. Der Hipster passiert uns und wird dabei von einem Sportkinderwagen überholt, Paul schaut mich kurz an. Mit einer für seinen rundlichen Körper erstaunlichen Flinkheit setzt er dem Hipster nach, tritt ihm in die Hacken und beobachtet lachend, wie er stolpert. Ich lache auch. Roman steht hinter mir und nickt. Nickt anerkennend, Respekt zollend, und ich sehe seinen Ärger, dass er nicht selbst auf die Idee gekommen ist.
«Schüttelini, das gibt vier Punkte.»
Ich weiß nicht viel über Roman, ich werde vermutlich nie viel mehr über ihn wissen als jetzt, aber unser gemeinsamer Hipsterhass schenkt uns ein Gefühl tiefbrüderlicher Verbundenheit, das sicher nur wenige kennen. Wir sind zwei Hauptstadtbewohner, die mit dem Fluch einer Überdosis an Geschmack auf die Welt gekommen sind. Paul schafft nur neun Kugeln Eis und ist dann noch genervter.
Zurück in der Redaktion, starre ich eine halbe Stunde gegen die dünnen Wände meines Büros. Ich schließe die Augen. Zuckende Lichtspiele, wie Regenstrippen, knalllila und glutweiß, wie sie aufglimmen. Wenn man die Augen zumacht und mit den Fingerspitzen leicht auf die Lider drückt, dann sieht man dieses Farbflimmern. Als ich den Druck löse, schieben sich die Bilder von gestern davor. Bild schlägt auf Bild. Alles rekonstruiert sich.

ROBERT. BOEING 777. Die Stewardessen hoppeln den Gang entlang. Eher Zuchtgänse als Tempeldienerinnen. Ihre einteiligen Gewänder in den Logofarben der Airline werfen keine Falten. Das Innengehäuse des Flugzeugs mit seiner wellenförmigen Deckenverkleidung in Eierschale und den ausgebuchteten Kabinenabtrennungen passt zum Playmobilpalast und riecht nach Neuwagen, halbechtem Luxus. Ach, nicht mal halb. Und dann diese trockene Konservenluft, die sie dauernd einleiten und die den Passagieren so lange Plastik in den Kreislauf pumpt, bis sie allesamt aussehen wie die knubbeligen Figuren in der Notfallanleitung. Die Frauen tragen beige Kostüme, die Männer dunkelblaue Anzüge, und die Kinder sehen aus wie Tim ohne Struppi – alles Europäer, obwohl es eine indische Fluggesellschaft ist. Es geschieht schleichend. Zuerst strömen staubkornkleine Plastikpartikel in die Lunge und füllen sie aus. Schubartiges Aufdrehen der Heizung und Schockkühlen lassen die Partikel dann erst schmelzen, dann erstarren, und schon ist das erste Organ synthetisiert. Niemand merkt das. Lungenbläschen werden zu Gummikugeln, Wirbel zu Stahlträgern, Nervenstränge zu Kabelbündeln, Blut zu flüssigem Silizium. Ein Quietschen im Nacken, und schon ist der Hals ein übertaktetes Markenstaubsaugergewinde und der Kopf ein fratzig bemalter Luftballon mit Tim-Grinsen. Dazu süße Cocktails. So ungefähr.

SCHÜTTLER. BERLIN. Bild schlägt auf Bild. Und der Abend rekonstruiert sich.
Die Wände sind das Schönste. Das Weiß, ihre Größe und Glätte, das Unzweideutige. Ich möchte mit der Hand über die Wand fahren, sie streicheln. Aber das brächte mich nur von meinem Plan ab. Ach, diese Wände. Diese Galerie ist nicht die erste, bei der ich die Wände am schönsten finde. Das ist jetzt wirklich keine große Beleidigung. Ich mag solche Wände einfach außerordentlich gerne.

Die Vernissage beginnt mit dem üblichen Spiel. Abgleicherei: Wir blicken einander auf die Spiegelreflexkameras, alle haben dasselbe Modell, nur die Objektive sind verschieden. Ich fange zu meiner Tarnung eine beliebige Unterhaltung mit einem Kunsthipster an. Kunsthipster tragen immer eine Kamera um den Hals, Spiegelreflex, analog, oder eine eingedellte Lomo, im schlimmstmöglichen Fall das vorletzte Einzelstück irgendeines anderen ausgefallenen Sowjetmodells. Der normale Hipster trägt eine Polaroidkamera, die für ihn eigentlich ein Kleidungsstück ist, der Kunsthipster ist für so was aber schon wieder zu versiert. Wenn man also so tun will, als würde man jeden auf der Vernissage kennen, fragt man einfach einen Kunsthipster, was er da denn für ein hochinteressantes Objektiv habe. Da wird dir der Gesprächsstoff nie ausgehen. Aber ich bezweifle, dass auch nur irgendjemand bemerkt, dass mein Objektiv für das grelle Galerielicht nicht geeignet ist, dass ich die dummen Bilder nicht fotografieren will und die unerträglichen Menschen erst recht nicht, dass alles Attrappe ist. Die Abgleicherei. Wie beim Autoquartett, wie früher bei der zwanzigsten Partie auf irgendeiner ölbeschmierten, griechischen Fähre, ganz so wie früher, nur verzweifelter. Die Wette lautet: Um welchen Androgynling wurde das schmalste Jackett geschneidert? Am weißen Hartplastik des DJ-Pults lehnend bietet ein Kandidat, Brustumfang: eine Straßenlaterne. Nicht übel. Durch die Seitentür stolpert das Gegengebot – chromkalte Eleganz sogar im Stolpern, Spinnenfinger, provokant gelähmter Mund, Brustumfang: ein Bleistift. Dann aber setzt er an zu sprechen, und seine Stimme wirft die Partie um: kehlig, mit Bratfett auf den Stimmbändern, knödelkehlig –

das ist die Niederlage, mein Gott, er hätte beim Stolpern bleiben sollen.

Ich habe einen Plan. Ich sehe mich gerne von außen, und von außen gesehen wirkt mein Vorhaben waghalsig. Tatsächlich ist es raffiniert und basiert zugleich auf schlichten Mechanismen, auf die ich mich verlassen kann. Wenn ich einen Artikel über eine Nacktmalerin bringe, dann brauche ich ein Foto, auf dem sie nackt malt oder zumindest nackt ist. Nur lässt sich die Nacktmalerin nicht beim Malen fotografieren. Normalerweise wäre damit die Geschichte gestorben. Aber ich habe mir etwas ausgedacht.

Im letzten Raum gehe ich ihre Bilder durch, stelle fest, dass ich nur eines nicht kenne, und positioniere mich vor der Stiefelfetzencollage, wohl das hässlichste Bild hier. Einen Moment noch. Den Gin Borgward stürzen, dann den Hemdkragen unterschwellig zerknittern und die Frisur im spiegelnden Fenster überprüfen – links zurück, rechts vor –, das gibt mir die nötige Form, das richtige Bauchgefühl. Ich brauche das. Nun kann es losgehen. Der Plan steht: Der Glas-Opener mit dem ersten Dämpfer, der sie gleichzeitig aus anderen Konversationen isoliert und zum Einer-Set macht. Es ist ihre Vernissage, und sie sieht überdurchschnittlich gut aus, mit zwei, drei filzigen Strähnchen im leicht antoupierten Haar, diesem Farbhuschen von Kleid und dieser, *dieser* Hüfte. Alle hier himmeln sie an. Deswegen braucht sie besonders viele Dämpfer. Ich himmle sie eben nicht an – das macht den Unterschied. Meine Gunst ist ihr nicht sicher, nein, sie muss sich darum bemühen. Und das werde ich ihr jetzt vermitteln.

Opener, Dämpfer, Kurswert erhöhen – grundlegende Aufreißstrategien in Theorie und Praxis zu beherrschen ist inzwischen einfach unverzichtbar. Das gehört sich so, das ist überlebenswichtig. Klar geht es auch ohne. Man kann ja auch ohne Ritalin eine Doktorarbeit schreiben oder nüchtern in einen Technoclub gehen. Es ist nur sehr mühsam. Sie sagt, sie malt nackt. Sie malt ihre Bilder mit ihrem Körper. Das sei kein Konzept, sondern für sie die einzige Art zu malen. Pinsel seien schön und gut, aber völlig überbewertet. Sie täuscht geschickt vor, dass das Nacktmalen eine Notwendigkeit und ihre künstlerische Natur sei, keine Marketingstrategie. Sie ist durchaus listig. Aber selbst berechnende und geschickte Menschen verhalten sich in Balzsituationen völlig unreflektiert, gehen untaktisch vor und sind leicht zu manipulieren. Und das ist meine Chance.

Also der Opener. Ich gehe im richtigen Winkel auf sie zu. Den zweiten Gin Borgward halte ich in den Fingerspitzen, fallbereit. Meine Körperhaltung ist optimiert, ein kleines Lächeln, dann die Drehung. Demütigen. Jetzt steht sie hinter mir, ich drehe mich um, mein Glas streift ihre Hand und zerklirrt auf dem Boden. Ihr Blick nach dem ersten Erstaunen sagt: Die Nummer willst du nicht wirklich bringen, Junge!

Deute ich diesen Blick richtig? Hoffentlich nicht. Sie hat die Masche nicht durchschaut, oder? Das wäre zu früh. Ich sollte mir nicht zu viele Gedanken machen. Nicht schon wieder. Kurs halten. Ich halte Kurs, mache einen Laut des Erschreckens, richte einen Blick auf die nassen Scherben, halte ihn etwas zu lange, schwenke erst dann zu ihr und platziere ein Lächeln auf meinen Lippen, das man rahmen müsste. Ich fühle eine Art Sicherheit. Auftrieb. Alles sitzt.

Nach einer halben Stunde hat sie keine Chance mehr. Wir stehen mitten in ihrer Vernissage in einer Blase, sie schaut nur noch auf mich, und ich fixiere konsequent den Punkt zwischen ihren Augen. Keine Chance. Ihr Beuteschema auszumachen war nur eine Fingerübung. Einerseits will sie einen, der auch Kunst macht, damit sie ihre Künstlermarotten teilen und sich seines Verständnisses sicher sein kann. Andererseits machen sowieso alle um sie herum Kunst, und das langweilt sie schon lange. Ich arbeite also als Geflügelgeschlechtsbestimmer. Das ist bei uns Familientradition. Geflügelgeschlechtsbestimmer, ein einfacher Beruf, den sie aber nicht kennt und der mir einen Paradiesvogelfaktor verleiht. Zugleich ist das auch eine Identität, die mir erlaubt, von ihrer Position als der Umschwärmten, Ausstellenden unbeeindruckt zu sein, um ihr geschickt Dämpfer zu versetzen. Nicht ganz leicht: Denn du kannst einer Künstlerin natürlich nicht sagen, dass du ihre Bilder schrecklich findest. Das würde nicht dämpfen, sondern verletzen. Also kritisiere ich nur, dass sie die Bilder verkauft. Antikommerzialisierung der Kunst, das ist die zweite Schiene. Aber nicht auf die plumpe Art. Ich bin nicht gegen Geld – das würde sie auch langweilen –, sondern nur gegen die Kommerzialisierung, dagegen, dass man für Kunst Geld nimmt, Kunst also als Produkt in das kapitalistische System einspeist. Ich sage ihr, ich will den Kapitalismus nicht abschaffen, ich will nur nicht, dass der Wert der Kunst in Euro gesetzt wird, und das dadurch entstehende Wertgefälle will ich auch nicht unterstützen. Der Wert eines Kunstwerks ist subjektiv. Nur, dass niemand zehntausend Euro für das Bild vom Porträtmaler auf der Straße bezahlen würde. Und das ist falsch. Das ist der zweite Teil der Identität: Fotograf. Ganz beträchtliche Mengen Geld habe ich mit Fotografien verdient. Aber als mir klar wurde, dass ich dazu beitrage, dass eine kleine Anzahl widerlicher Personen die Marktwerte für Kunst bestimmt und ich das unterstütze, habe ich aufgehört, meine Fotos zu verkaufen. Ich wollte kein Teil dessen sein. Ich mache noch immer Kunst, nur verkaufe ich sie nicht mehr.

«Seitdem arbeite ich wieder als Geflügelgeschlechtsbestimmer. Als GeGeBe, wie wir im Betrieb genannt werden.»

Ich spiele Karte für Karte aus.

Während der Fährfahrten nach Griechenland habe ich immer irgendwann begonnen zu schummeln. Wenn deine Karten perfekt auf die deines Gegners abgestimmt sind, hat er keine Chance. Aber das habe ich die anderen nie merken lassen. Verborgene Überlegenheit schmeckt am besten. Später habe ich oft in die Ägäis gekotzt.

In einem Interview las ich, dass sie für Dash Snow schwärmt, den Kunst-Outlaw mit den Heroin-und-Huren-Polaroids. Eigentlich stecke ich in ihr drin. Genau wie Wieland es will, wie er es mit seinem Wielandgrienen immer fordert:

«Schüttler, analysieren Sie, spionieren Sie, bis Sie sich die Haut des Interviewpartners überziehen und mit seiner Familie unentlarvt Weihnachten feiern könnten.»

Sie hat eine leichte Drogenaffinität, eine semipsychedelische Macke, einen Hang zu sackartigen Kleidern, möchte gern etwas berühmter werden (aber dann doch nicht nur fürs Nacktsein) und hat ein Faible für amerikanische Staub-auf-Jeans-und-Rocky-Mountains-Romantik – ich kenne sie.

Mit einem Finger zeige ich auf ihr Stiefelfetzenbild. Karte für Karte. Keine Chance.

«Dash hätte diese Stiefel geleckt, das hätte er. Und mit seinen Zungenpiercings wäre er hängengeblieben. Sein Schmerz im Blick würde alles aussagen, was auch in seiner Kunst steckt, dieses kristalline Elend. Alles, was Dash tat, war so. Der Dash hat eine sehr furchige Zunge, wie ein Stalagmit, weißt du. Kristallin. Schön. Elend. Ich stand noch mit ihm auf dem Dach vom ArtCrush in Aspen. Wir hatten nur ein Portiönchen 2-CB geleckt, von einem Foto einer blassen Frau, die in einem Haufen pinker Korken sitzt, aber er, er wurde aufgekratzt wie drei Junghengste, kaute mahlend auf dem Stiel so einer Plastikorchidee und bat mich, ihn zu fotografieren, wie ...»
Sie lächelt. Immer muss ich so schrecklich übertreiben, wenn es gut läuft. Aber sie nickt kreisend. In ihren Augen steht irgendwie eine eklig schöne Treue. Sie sieht mich als Verbündeten an. Die ersten zwanzig Sekunden haben vermutlich schon gereicht. Karte für Karte. Ich lächle, ich sage:
«Goldschaum und Day Glow auf enthaarten Kaninchen.»
Sie zögert im Lächeln, ich lächle pseudounterdrückt:
«Was, du malst auch nackt? Ich finde einfach, nackt ...»
Sie lächelt, ich schmunzle, ich sage:
«Diese Schwangere auf Speed, Larry Clark, ‹Teenage Lust›.»
Irgendwer sagt:
«Das rearrangiert den Raum der Gefühlsfelder.»
Ich erzähle ihr brutal ekliges Zeug. Nicht dass es besonders pervers ist – ich habe schon gewaltig Perverseres erzählt –, nur vielleicht eklig kitschig. Aber ich stehe da ziemlich drüber.

«Lass mich dich jetzt beim Malen fotografieren!»
«Du meinst – warte kurz.»
Sie lässt den Blick durch die Galerie schweifen und nickt, und wir gehen. Beim Herausblicken zwinkere ich dem dünnsten Androgynling zu und trete einem Hipster in die Hacken. Nummer vierundfünzig. Demütigen.

ROBERT. BOEING 777. Einen vergesslichen Moment lang, in dem ich Hunderte Meter türkischer Luft durchquere, lasse ich meinen Blick auf der rissigen Wolkendecke ruhen, gipsweiß, mit länglich-wulstigen Hubbeln. Wie Schaumbläschen. Schaumbläschen. Mein letztes Bild, das jetzt verlassen auf der Staffelei in meinem Zimmer steht. In der Nacht, eigentlich am Morgen nach dem Abiball, hatte ich eine Leinwand rausgezerrt. Betrunken und rotzfrustriert zog ich kreisende Striche zu Schaumbläschen, um mich zu beruhigen, um etwas vorzumalen. Dieser Abiball: Stundenlang wechselte ich das Standbein, die Finger um das Geländer der Galerie gekrampft, und hasste ausgiebig, trank einiges, aber immer noch zu wenig, und starrte auf die Marmortanzfläche, die Fußnägel in die schweißnassen Sohlen gekrallt, teils, weil ich mich so unwohl fühlte, teils, weil die Schuhe einfach doch irgendwie zu klein waren. Hassformeln schossen mir durch den Kopf, und dann kam Gothic-Kevin und erzählte mir wieder eine seiner Leichenstorys.
«War megaschön gewesen, Leichen zu schminken. Megaschön.»
Ab dem vierten Bier erzählt Gothic-Kevin immer ausgiebig und ausschließlich von seinem Betriebspraktikum beim Bestatter.

«Für Trauerfeiern mit offenem Sarg – Deckel zu geht ja mal gar nicht klar –, also für Feiern mit offenem Deckel, da schminkt man die Leichen, weil die Angehörigen es nämlich nicht ertragen, dass Tote eben wie Tote aussehen, ne? Dabei sind Tote so wachsig, und die Blässe ist so nobel blass, an sich sind die ja voll schön. Fast aristokratisch irgendwie so.»
Dieses Leichenschänderimage schien sein Ding zu sein. Die letzten Herbstferien stolperten wir ständig auf denselben Partys ineinander. Und es kam immer dazu, dass wir irgendwann – das Bier zu voll, um eine Getränk-holen-Ausrede zu benutzen – in der Küche standen und er mir und sich von seinen Leichen erzählte. Ich hab keine Ahnung, wie Gothic-Kevin eigentlich drauf ist, womit er sonst so seine Zeit verplempert, aber über seine Leichen weiß ich bestens Bescheid. Wenn er mitten im Plappern seinen Blick zur Deckenlampe hob und dann wieder senkte, war ich mir immer unsicher, ob er mich wirklich sah oder noch immer den Spiegel, vor dem er diesen Satz wochenlang beim Wimpernanmalen geübt haben musste, sich in das Gesicht, dass er nicht unbedingt haben wollte, blickend:
«Tote sind voll schön, Tote sind voll schön, Tote sind voll schön.»
So sind die alle. Nicht, dass in meiner Schule so viele Gothics gewesen wären. Sie erzählen nur alle diesen unerträglichen Unsinn, mit dem sie beweisen wollen, dass sie etwas sind, was niemand sein wollen sollte. Und langweilig sind sie, im tiefsten Grund ihres Wesens, sie sind durchzogen von Langeweile und Langweiligkeit. Wenn es ein Ödnisatom gäbe, sie bestünden daraus. Die Tanzfläche war eine Trauerfeier mit offenem Sarg.

Im Versuch, sich jung und lebendig zu fühlen, waren sie zombiehafter denn je. Pasteninhalte verformten ihre Fratzen, Gesten wie an Fäden, Tanzen wie auf Schienen – nicht die Gothics, die kommen, bis auf Kevin, eh nie zu Abibällen, sondern die ganz anderen Abiturienten. Ihre Normalnullvisagen waren verzogen, ein Loch von Maul, ausgestopfte Fische, und darüber funkelte Sarglackglanz in Schlampenaugen, die Augenhöhlen höllenschwarz. Gestankmischungen durchdrangen einander, krätziges Modeparfum, Haarspülungsmief und Haarspraybrisen. Darunter, und das ging und ging nicht aus der Nase, schimmelten ihre Seelen. Der Gestank vorzeitiger Verwesung. Sogar das Leuchten ihrer Pupillen war lediglich ein Widerschein der Fotoblitze. Sie versuchten, das festzuhalten, was sowieso nicht da war und nie da sein wird: das Leben. Das richtige Leben. Foto auf Foto auf Foto wird gemacht, und die müssen sie dann sofort ansehen, sich sehen, sich angaffen, in ihren geschmacklosen Anzügen, ihren triefenden Freundschaftsposen, weil sie eigentlich gar nicht richtig leben. Sie haben keine Gefühle, keine, die sie sich wirklich glauben könnten. Aber den Fotos glauben sie. Das ist ihre Religion.

Dagegen habe ich gemalt. Erst waren es ineinandergreifende Strudel, dann raumzehrende Flammenblüten um einen kopfüber fallenden Fakir, dann die länglich-wulstigen Acrylbläschen. In Kobaltviolett. Ich entspannte mich, und als ich am nächsten Morgen aufwachte, waren Hemd und Anzughose, die ich noch immer trug, über und über bekleckst. Mir gefiel das.

Vielleicht sollte ich meine Hemden bemalen, wenn ich endlich angekommen bin, nicht gleich Batik, aber vielleicht etwas Geklecksetes, denke ich, mich umdrehend. Dann lasse ich meinen Zeigefinger über die Armlehne streifen und suchen, bis mein Sitz endlich zurückgleitet, und schließe die brennenden Augen. Luca. Ihr Blick, halb aus den Augenwinkeln. Ihr Mund mit der leichten Spannung, sprungbereit zum Schmunzeln. Wie ihr Blick von Wand zu Wand springt, sie die Kontakte aber sparsam verteilt, die Wimpern kurz senkt, dann die Augen aufreißt. Luca.

SCHÜTTLER. BERLIN. Ihr Townhouse ist wie erwartet. Lachs. Die hohen Neubauwände in Lachs. Vor einem riesigen Panoramafenster steht ihre Staffelei, darauf eine riesige Leinwand, davor sie, inzwischen nackt. Die Fotos schieße ich aus der Hüfte. Das habe ich mir von einem polnischen Filmemacher abgeschaut. Ihr wird die Veröffentlichung der Fotos natürlich nicht recht sein. Aber das ist egal. Denn aller Wahrscheinlichkeit nach wird sie auch so beschämt sein, sich von einem wie mir reingelegt haben zu lassen, dass sie nichts machen und die Geschichte auf sich beruhen lassen wird. Ich kann mir alles erlauben:
«Der Körper ist der beste Pinsel.»
Nachdem ich sie gevögelt habe, liege ich in Glück und Watte. Ich habe uns zwei Gin Borgward gemixt. Die Sonne geht auf, und plötzlich kommt da so ein Gefühl aus dem Bauch. Nicht etwa Ekel vor ihr – die Form ihrer Brüste, wie sie unter dem Tuch liegt, ihre Bilder, das ist alles heiß und perfekt –, es ist ein unangenehmes Piksen, ein kalter Stich irgendwo, wo ich nicht ganz genau hinspüren kann. Schon als kleines Kind hatte ich das. Wenn ich lange in der Badewanne saß und mich ansah und merkte, wie ich Fleisch bin, wuchern-

des, teigiges Fleisch, da wurde es mir unmöglich, diesen Teig in Verbindung mit mir zu setzen mit.
Ich öffne die Augen, sehe die dünnen Bürowände, und schreibe den Artikel über sie in einer halben Stunde fertig. Bevor ich gehe, stöbere ich noch zwanzig Minuten in den Agenturmeldungen. Es ist nichts passiert.

ROBERT. BOEING 777. Als ich die Augen wieder öffne, hat mein Sitznachbar ein Sandwichpaket auf meinem Schoß abgelegt und hört aus einem scheppernden Kopfhörer Hindipop, während er meditativ das Sudokuspiel auf seinem Notebook angrinst. Augenscheinlich ist er ein Inder und ein ziemlicher Nerd dazu. Ich zwinge mich: Sei nicht so verklemmt, interessiere dich, da sitzt ein milliardstel Indien neben dir. Das milliardstel Indien schwitzt, und sein Gesicht zuckt, vor allem die Nasenflügel, sein Mund sieht aus wie ein Regenwurm. Interessiere dich, mehr Abenteuer. Also wende ich mich ihm zu, reiche ihm überdeutlich freundlich seine Sandwichs, um ein Gespräch zu provozieren. Er entschuldigt sich heftig, weil er nicht schneller war, fast fällt sein Laptop herunter. Und schon geht es los, auf Deutsch. Er sei aus Hyderabad, habe für seinen Bruder in Kassel als Kosmetikvertreter gearbeitet, jetzt, er zuckt wieder, jetzt würde er etwas anderes machen, «gan gan toll» sei Hyderabad, ich solle unbedingt Hyderabad besuchen. Chaman, sein Name, bedeute Garten, ja, Garten. Wie stark der Monsun jetzt sei, frage ich. Garten-Chaman wiederholt «Monsun» und scheint mich nicht zu verstehen. Monsun, Regenzeit, ja, ja, ja, jetzt sei Regenzeit, ja, Regenzeit, nein, das sei nicht schlimm, es regne nicht oft, wie oft? Nein, das wisse er nicht, ich könne ihn gerne besuchen in Hyderabad, also nicht jetzt, aber in zwei Wochen. Hyderabad, hm. Vielleicht sei sein Cousin, genau, sein Bruder auch dort. Dabei schaut er mir eine Sekunde zu lang in die Augen. Garten-Chaman wischt sich fortwährend Schweiß von der Oberlippe, und dann klopft er mir auf den Oberschenkel. Ob ich mal sein Sudokuspiel ausprobieren wolle. Ich hasse Sudoku. Wir tauchen in Wolken ein und schlüpfen wieder heraus. Es ist Nacht geworden.

SCHÜTTLER. BERLIN. Das Lächeln ist wieder da und hält sich, als ich auf dem Weg zu meinem Büro an den Hemden vorbeiziehe, all den Sporthemden, all den aufgeknöpften Kulturhemden, all den zerkrempelten Hemdsärmeln, die Schweißflecke haben vor lauter Strampeln nach Themen, die dann schlecht recherchiert zu einer mittelmäßigen Geschichte verwurstet werden. Ich habe meinen Artikel, und der wird sitzen. Ich gehe in Richtung Fahrstuhl vorbei an den Sekretärinnen, die den ganzen Tag mehlige Apfelschnitzel in sich hineinstopfen, damit sie nicht zunehmen. Sie nehmen aber trotzdem zu und lesen in der Frauenzeitschrift beim Hals-Nasen-Ohren-Arzt, dass Früchte dickmachende Fructose enthalten, und dann bricht ihre ganze apfelschnitzelige Welt zusammen, und später sagt der Arzt ihnen auch noch, dass sie einmal wöchentlich Nasenspülungen machen müssen, aber sie wollen keine Nasenspülungen machen und kaufen im Supermarkt neben der Apotheke ein halbes Kilo Schokorosinen. Ich hasse Schokorosinen, ich hasse überhaupt viel. Und nicht nur das – ich hasse gerne! Gründlich und ausführlich zu hassen ist gesund und unerlässlich, wobei man jedoch nie außer Acht lassen sollte, dass gerade der elaborierte Hasser wohl gewählte Abstufungen machen sollte. In Farben gesprochen: Erst die nuancierte Abgrenzung der Graustufen untereinander ermöglicht den Übergang in das tiefste, das kompromisslose, lichtfreie Höllenschwarz. Die schweißfleckigen Hemdsärmel der Kollegen verdienen ein spöttisches Grinsen, die Sekretärinnen in ihrer Apfelschnitzeligkeit noch eine zusätzliche Spur Hohn, aber die glutäugigste Satansfratze gebührt nur den Hipstern.

Diese urbanen Szeneaffen, die hässlichste Zerrfratze des postironischen Turboindividualismus, das Riesengeschwür von Szeneberlin. Trendbehinderte. Schon in der Geschichte seines Namens liegt der Samen des Falschen: Der Hipster will etwas sein, das er nicht ist. Und er ist dabei so ekelhaft selbstsicher. Ich habe sie ausspioniert, analysiert, ich kenne mich aus, man macht mir da nichts vor. Die ursprünglichen Hipster in den Fünfzigern zeichneten sich durch einen pseudoschwarzen Lebensstil aus, er reichte von der Kleidung über Jazz oder besser Bebop, über Drogen und Sex – Drogensex gegen die amerikanische Konsumkultur – bis hin zum Abhängen in den Bars der Schwarzen und der Übernahme ihres Slangs, aber sie waren nun mal nicht schwarz. Genauso ist es auch mit den Neohipstern, den heutigen Hipstern, die auf ironische Art den amerikanischen White Trash kopieren, nein, ironisch zitieren, nein, nur anzitieren, wie sie auch die Achtziger anzitieren, die Siebziger anzitieren, bisweilen die Fünfziger anzitieren, ja, sogar die Neunziger anzitieren, Punk anzitieren, alles anzitieren und im halben Zitat verharren. Mit ihrem Feinripp, den Karohemden, dem Flanell, den Jeanshemden, gerne oversized, den widerwärtigen Hornbrillen, bei Sonne eine Wayfarer, ihrem widerlichen Nerdchic, plus American Apparel, Secondhand-Gepose, Jutebeutelei, Vintage-Hokuspokus vom Mauerparkflohmarkt, besser noch von einem ganz unbekannten Flohmarkt irgendwo im Hipsteruniversum, manchmal irgendwo eine Spur Neon, immer Röhrenjeans oder Chinos in Pastellfarben, die sich verjüngen zu: früher, in den Zweitausendern, Chucks, seit einiger Zeit zu spitz zulaufenden, abgewetzten Lederschuhen oder liederlichen Turnschuhen. Dazu ein T-Shirt mit den postpostironischen Motiven aus einem der Shops mit wechselnden, maximalunbekannten Jungdesignern. Mit schlurfigem Schritt schweben sie durch die Bezirke, über die Tanzflächen vor den unbekanntesten der unbekannten Indiebands, oder, noch schlimmer, vor den Pults der wirklich guten Techno-DJs. Im Jutebeutel über der Schulter ist mehr Spannung als in der Körperhaltung des Hipsters selbst. Nirgendwo hat man mehr Platz, überall steht schon ein Hipster da.

Ich meine, Techno hat was erlebt, hat was durchgemacht: Ostraverinnen in erschreckender Kleidung, die flüstern: «In Brandenburg küsst man schnell und hart.»

Goa, Loveparade und ganze Pupillengalaxien von Ecstasy-Angefasse. Techno hat echt was durchgemacht, aber es zuckt und rumst und ravt und lebt immer noch. Und dann kommen die Hipster und machen es kaputt. Nur noch Hass.

Eigen zu sein und sich selbst zu spüren mag ja ein nachvollziehbares Bedürfnis sein, doch der Hipster übertreibt und parodiert es zugleich, bringt es nur zu einem Klischee des

Eigen-Seins. Er will authentisch sein, ist aber das absolute Gegenteil, weil alles an ihm nur aus Zitaten anderer Epochen und Subkulturen besteht, augenzwinkernderweise vorgetäuscht, vermeintlich schwebend im erhabenen Himmelreich der doppelt gebrochenen Ironie. Dabei fehlen einfach die Kraft und Standhaftigkeit für eine eigene Aussage. Ein Hipster bekennt sich nie. Wenn er bekennen würde, wäre er kein Hipster mehr. Deswegen soll man sie treten. Gerade heute hasse ich Hipster besonders intensiv, fast schon liebevoll. Oder wie Deleuze schreibt: Der Hass muss nur lebendig genug sein, dann lässt sich aus ihm große Freude ziehen, keine Ambivalenz, keine Freude am Hassen, sondern die Freude, all das zu zerstören, was das Leben verletzt.

Das ist der einzige philosophische Satz, den ich auswendig kann. Er passt einfach so oft. Man könnte fast sagen, dass mein Hassen meine Religion sei, aber das ginge zu weit. Es ist nicht so, dass ich an den Hass vollherzig glaube, nur glaube ich an alles andere noch weniger. Ich fahre ausschließlich mit dem Auto zur Redaktion, damit ich nicht in einer U-Bahn mit ihnen sitzen muss, denn die Gegend um das Verlagsgebäude ist nahezu völlig kontaminiert. Hipster sind der Götter dreckigste Rache an Berlin. Und sie sind nicht einfach nur eine hassenswerte Modeerscheinung. Das wäre eine Unterschätzung. Sie sind ebenjenes Teilchen, das den Moment anzeigt, in dem dir unwiderruflich klar wird, dass du es zu weit getrieben hast: das sanfte Wehen des letzten zu Wasserdampf zerstäubten Tropfens Kühlwasser vor der Kernschmelze oder das zarte «Oh» des «Oh-I-can't-explain-every-time-it's-the-Same», das dir klarmacht, dass du

an einem Ort, Zustand und Zeitpunkt angelangt bist, an dem irgendjemand es für möglich hält, «Cherry, Cherry Lady» zu spielen, oder das finale Aufröcheln, nach dem der übertaktete Motor explodiert. Ach, Adam, was hast du getan? Und er bedeckte fortan seine Scham mit einem Feigenblatt und trug eine Hornbrille. Vorhin habe ich noch schnell einem in die Hacken getreten. Die apokalyptischen Reiter tragen Karo. Im Büro rufe ich Roman an.
«Notier mir einen Punkt, bitte. Hab auf dem Weg wieder 'nem Hipster in die Hacken getreten.»
«Groß!»
«Du?»
«Nichts. Du bist dann bei fünfundfünfzig, sieben mehr als ich. Aber! Ich bin nachher im Rangierbahnhof Rotbach verabredet, randvoll mit Freiwild. Wenn sich da nicht einige Punkte machen lassen, dann.»
Im Rangierbahnhof Rotbach wird er nachlegen. Ich brauche Vorsprung. Noch eine Station bis zur Tiefgarage, und mein Grinsen wird zitternd breiter, so breit wie der ganze blanke Fahrstuhlspiegel, wenn ich nur nah genug herantrete. Eigentlich sehe ich nur noch diesen Mund. Ein wenig wie ein langer Felsspalt. Lava darin.

ROBERT. CHENNAI INTERNATIONAL AIRPORT. Als ich am Schild vorbeigehe, ist Indien auf einmal da. Eine Tigerkatze kauert hinter der Deckenverkleidung, kalte Staubluft strömt durch Belüftungsschlitze, und in blauem Licht liegen verwaiste Baustellengänge. Im Flughafenbus drängen sich verschwitzte Gestalten um mich, ocker- bis kaffeebraune Gesichter starren hinaus. Nur der schmierige Film an den

Fensterfronten verrät, dass es draußen feucht sein könnte. Als ich meinen Rucksack auf den Rücken hieve, beäugt mich der Sicherheitsmann verächtlich. In einer seiner haarigen Pranken liegt eine Kalaschnikow, mit einer Art Baumarktkette um die Schulter geschnallt. Ich blicke weg. Die Saris, so frohbunt. Bei uns wäre man gleich abgestempelt, denke ich. Hier ist es gut, in Indien kann man noch ehrliche Freude empfinden, ungeniert und tiefmenschlich. Das sieht man ja an den Farben.

SCHÜTTLER. BERLIN. Schleymayrs Nase ist ein Phänomen. Vielen ist das egal, aber ich weiß es besser, denn Nasen sind nicht unwichtig, niemals unwichtig, sie sind nichts weniger als das Zentrum aller Gesichter und womöglich der Mittelpunkt der Welt. Vergiss den geographischen Mittelpunkt oder die Hälfte der magnetischen Erdachse. Wenn man den Mittelpunkt zwischen allen Nasen der Welt ausrechnet, trifft man auf den wahren Erdkern, den Nucleolus genau jenes Atoms, in dem alles sein mittelstes Zentrum hat, das findet man genau da. Da ist alles drin, worum es bei uns geht und jemals gehen wird. Der erste Blick müsste, ginge es mit rechten Dingen zu, eigentlich immer auf die Nase fallen. Das erklärt sich so: Ein Großteil des Menschen ist damit beschäftigt, mit leiernden Lefzen ihren Trieben hinterherzulaufen, ein kleinerer, verschrobener Teil irgendwo im Gehirn aber hält dagegen und will mit erbärmlichem Emanzipationsgestus gerade nicht hinterherlaufen. Die einen schauen zuerst auf sekundäre oder primäre Geschlechtsmerkmale, die anderen schauen in die Augen und versuchen, irgendetwas aus diesen überbewerteten Geleeklecksen zu lesen. Wenn

man aber wahrhaftig und unzwanghaft wäre, also vom Trieb wie von seiner zwanghaften Verneinung abließe, würden alle auf die Nasen schauen, nur auf die Nasen. Schleymayrs Nase ist ein Phänomen. Mondgestein. So sitze ich mit Schleymayrs brösligem Mondgesteinsbrocken, seiner ganzen Schwulstigkeit und dem Rest von ihm im «Monaco» und würde mich gern irgendwie entspannen, aber sein Mund schlackert vor Geschwätz:
«Wie ist's bei dir, Schütti? Bei mir ist es ja grässlich. Der Schleymayr ist gar nicht in Form. Nein, er muss auf Kur. Und das liegt nicht nur an den Nerven. Meine Blutfettwerte sind ein Skandal, wilder als meine Augenbrauen, die hab ich seit zehn Tagen nicht ... Und meine Poren erst, Schütti, da ist Smog drin, scheint mir, Feinstaub oder so. Und in der Lunge kratzt es so komisch. Der Schleymayr ist ein Wrack. Wie war ich früher das Sternchen meiner Tanzschule! Beine, Taille, alles immer in Form und Schwung. Da sind alle wuschig geworden, und ich ging ständig aus, und am nächsten Tag hab ich wieder gestrahlt wie ein Weihnachtsstern. Schluss damit. Schütti, erzähl mir endlich von der Nacktmalerin. Bist du ein Fuchs, Schütti, bist – du – ein – Fuchs.»
«Ja, und du bist die Puffmutter der Redaktion.»
«Ein böser Fuchs, der Schüttler, garstig, zornig, aber so mag ich's. Und wachsweich innen drin. Erzähl schon! Ich winke mal eben. Portwein? Also, doch, ja, ich nehme einen Portwein. Café Crème und einen Portwein, bitte. Ist schon nach halb.»
«Und in zehn Minuten wissen es sogar die Sportspackos, weil du ein Gossip-Girl bist. Ich nehme Espresso, drei, nicht, dass sie mir hier mit drei einzelnen Tässchen ankommen. Bitte alle in so eine Teetasse da.»

«Lass dir gesagt sein: Der Schleymayr hat dir auch was zu bieten. So ist es ja nicht. Ich hab da was obszön Gutes in der Hinterhand. Wenn ich nicht nächste Woche zu Kur müsste – Schütti, das würde ich dir übergeben. Na? Ich behalte es auch für mich.»

Schleymayr kratzt seine Nase, von der seine ganze Existenz ausgeht. Ein wirklich kolossaler Brocken, grobporig durchsiebt und die Farbe wechselnd von Ocker über Lila bis Grau. Ständig arbeitet Schleymayr an seiner Nase: Er kratzt sie, pudert sie, cremt sie, rümpft sie, steckt sie in fremde Angelegenheiten und spachtelt sich mit seiner Kralle sicher stündlich Kokain hinein. Wie kann ein Mann, der nur aus Nase besteht, bloß selber so stinken? Vordergründig rieche ich Kölnisch Wasser und kalten Zigarillorauch, umspielt von talgiger Faltencreme und aufblitzenden Nuancen von Puder. Metallisch und süß. Er ist ein Wanderpuff. Aber ich will seine Geschichte haben, ich brauche sie unbedingt.

«Okay, du hast mich. Also, die Nacktmalerin.»

Ich erzähle es. Selbstverständlich werden einige Details für Schleymayr gestutzt und lackiert. Alles im Rahmen. Man könnte jetzt meinen, ich lüge, aber Schleymayr ist eine laufende Klatschzeitung, und die muss man belügen, denn Klatschzeitungen lügen selber immer weiter, und deshalb sollte man diese Lügen in die richtige Richtung stupsen wie einen tollpatschigen Hund. Oder meinetwegen auch treten. Das ist ab und zu nötig. Wenn sich alle paar Monate wieder irgendwer in Magazinen oder Wochenzeitungen darüber aufregt, dass so viel gelogen wird, regt mich das meistens noch viel mehr auf. Es ist doch schon seit der Erfindung der Sprache so, dass gelogen wird, man könnte sogar sagen:

Sprache ist eine Lüge. Ein Bild von sich selber haben, das ist auch Lügen, weil dieses Bild immer ungenügend und illusionär ist. Bleiben wir also beim Faustfesten: Freundschaften, Staaten, Geschichte, Kunst, Liebe, das alles beruht auf Lügen. Das ist die aufrichtigste Haltung, die man dazu haben kann. Ich erzähle also die Geschichte. Schleymayr lacht grunzend, und ich schmunzle. Er zahlt, wir gehen.
Wir steigen in sein Auto, obwohl die Redaktion in Spuckweite ist. Während er mit seinen Lederhandschuhen im Takt auf das Lenkrad klopft, gibt er mir, was er versprochen hat. Ich grinse wieder, diesmal ganz ungewollt, denke an die Nase und sehe sie dann: Die Mondgesteinsnase, aus der ein kleiner Fleck rinnt, den Schleymayr wieder und wieder hochzieht, taktgleich mit seinem Atem, taktgleich mit seinem Lenkradklopfen, taktgleich mit der Musik.

ROBERT. CHENNAI INTERNATIONAL AIRPORT. Im Strom der Inder treibe ich, lasse mich einfach treiben, lasse es zu und falle dann in einen Plastikstuhl. «Madras Drink.»

«Indien also»,
sage ich mir vor. Ich habe zugestimmt, mich irgendwo mit irgendwem zu treffen. Lennart heißt er. Sie gab mir ein Foto von ihm. Aber jetzt ist alles anders. Bombay Saphire, denke ich, indischer Gin, Anpassung an Indien von innen. Anpassung von innen kostet zweihundertachtzig Rupien. Ich glaube, das ist etwas zu viel. Im Gefolge eines schmächtigen Bartträgers im Miami-Dolphins-T-Shirt schwebt eine dicke indische Mutter zwischen ihren Kindern an mir vorbei. All tragen Farben wie Blüten im Mai. Wie ein Grinsen. Funkelnde

Goldpailletten um den knappen Ausschnitt. Mein Lächeln prallt an ihr ab, sie senkt ihren Kopf entschlossen und hebt ihn nicht wieder. Irgendetwas ist noch falsch hier, denke ich. Ist mein Gesicht noch verquollen vom Schlaf? Ich taste.

Garten-Chaman sitzt nun Nüsse mampfend neben mir. Beim zweiten Gin Tonic putze ich meine Brillengläser ausgiebig. Aber ich kriege das Fett nicht runter.

«Germany very rich country, very good and stong, very stong!», sagt er.

Mein Abiturientenenglisch. Ich erzähle von betongrauen Fassaden und Gesichtern – Hitler kommt nicht vor – und wie wundervoll Indien ist.

Garten-Chaman lässt seinen Kopf seltsam kreisen, zuckt und kaut.

«India's favourite colour is dirt. Everywhere is dirt, in faces, in politics, in houses, in everywhere. What you here for, mister?»

«I am here for Sex. Do you like sex, Chaman?»

Das sollte reichen. Garten-Chaman soll gehen. Ich ertrage ihn nicht. Mit seinem Schmatzen, seiner ganzen unheiligen Erscheinung macht er alles kaputt. Er ist ein Nerd und außerdem unspirituell und desillusioniert und eigentlich gar kein richtiger Inder, finde ich. Warum spricht er überhaupt auf einmal Englisch mit mir? Haben wir im Flugzeug nicht Deutsch geredet? Wahrscheinlich wichst er in seinem Kämmerchen in Hyderabad den ganzen Tag mit tellergroßen Augen und zitternden Wurzelnasenflügeln auf Videos von amerikanischen Plastiktittenschlampen. Die Vorstellung gefällt mir. Was weiß der schon?

«Oh, yes! Sex. Wonderfull, wonderfull! Come with Chaman!

He bring you best place in Chennai. Young girls, fat girls, thin girls. Every! Very gud, very gud. Don't shy, Mister Germany!»

SCHÜTTLER. BERLIN. Erträglich ist diese Stadt eigentlich nur im Sommer. Und ich meine hier mein Berlin, nicht das Berlin in euren Köpfen, nicht das Gehype, nicht das Gespacke. Mein Berlin, nicht das Berlin der Wuppertaler 11b auf Klassenfahrt, nicht das Berlin der Kunststudenten aus Köln, die Berlin nicht mögen, weil alle ihre Freunde es schon mögen, weil man es jetzt nicht mehr mögen könne, auch nicht das Berlin von vor zehn Jahren, ich meine das Berlin, das einfach so ist, als wüsste es nichts von sich selber, dieser übermütige Betonelefant, mein Berlin. Und mein Berlin ist nur im Sommer erträglich, wenn der hässliche Zeitungsverkäufer kurz glücklich ist und aus Versehen grüßt, die Stadt aufquillt, sich bis an die Stadtrandseen erweitert, die Gehsteige zu kleinen Wohnzimmern werden und jedes Getränk doppelt so gut schmeckt, was mich jetzt unmittelbar veranlasst, einen Gin Borgward zu bestellen, während ich auf Roman warte.
«Einen Gin Borgward, bitte.»
«Wat fürn Ding?»
«Gin Borgward, kennen Sie den nicht? Sind Sie nicht von hier? Das ist der absolute In-Drink dieses Jahr, nein, an sich. Gin, Cassis, Soda und ein Minzeblättchen mit Eis im Longdrinkglas serviert. Nichts wie auf die Karte damit.»
«Wir haben kein Cassis.»
«Bitte? Unglaublich ...»
Ich gebe mich mit einem Gin Tonic zufrieden, obwohl ich es sonst darauf anlege, ausschließlich Gin Borgward zu trin-

ken. Der Gin Borgward, ein modernes Getränk von einer längst verloren geglaubten Eleganz und Verve, der beste Cocktail der Welt, ein Cocktail, den man nur in der Linken hält, die Rechte auf dem weißen, dreispeichigen Lenkrad eines Borgward Hansa, dem einzig wahren Auto. Ich habe den Gin Borgward erfunden und versuche mühsam, ihn so weit wie möglich zu verbreiten. Es sollte überall Gin Borgward geben.

Es ist aber auch ein bisschen okay, dass ich gerade keinen Borgward trinke, sondern einen Gin Tonic, denn den muss man nicht begründen, weil er Medizin ist. Die britischen Kolonialmächte heilten in Indien jede Infektion mit großzügig dosiertem Gin, der einst als wacholderbasierte Militärmedizin für die belgische Armee erfunden wurde, und irgendein Stoff im Tonicwater wiederum hält Mücken ab, was Gin Tonic nicht nur zur besten Waffe gegen Malaria macht, sondern ihm auch einen gewissen Nutzen in Berliner Sommernächten erteilt. Das habe ich empirisch getestet, und es stimmt.

Phrase hin, Phrase her: Die Großstadt ist ein Dschungel. Und bei Nacht ist der gefräßiger und erbarmungsloser denn je. Das Schreien ferner Vögel, schweflig leuchtende Augen, Unerkennbares bricht durch wildwuchernde Schichten. Moskitos, Würmer, Affen, der Geruch von Raubtierurin, und wenn man sich umdreht, lauert immer etwas im Matsch hinter einem. Man ist kurz erschrocken und dann erfreut und dann beides. Ein Dschungel. Wer überleben will, hält sich an folgende Leinliane: Eis immer, Zitrone okay, und beim Borgward geht qualitativ nichts unter Gordon's (und selbst der nur in Verlegenheitssituationen), Bombay

Saphire gerne sporadisch (die blauen Flaschen sind aber bloß ein Bauernfänger), Tanqueray und besser noch Tanqueray No. 10 oder Beefeater gehen hingegen immer. Auch kleine Insel-Brennereien selbstverständlich, da kenne ich mich etwas aus, aber lang nicht genug. Roman hält mir von hinten die Augen zu wie in einer miesen Liebeskomödie, wobei hier das Genre eine prinzipielle Schlechtheit ja schon voraussetzt.

«Roman, lass den Scheiß. Das ist far too much, mein Freund. So eine schwule Scheiße muss jetzt nicht wirklich sein.»

Aber hinter mir steht nicht Roman, sondern, leicht verunsichert, aber dennoch erfreut, eine verdammt heiße Studentin mit Grübchen voller Spott und mit Augen … Sie sieht im blutorangen Abendlicht aus wie vor zwei Jahren, und sie sagt:

«Na, wer lümmelt denn da?»

Und ich sag:

«Na-haa.»

In einer solchen Sekunde ist sofort die ganze Geschichte wieder auf dem Tisch: Carla. Ich will sie eigentlich nicht, aber eigentlich doch. Sie will mich eindeutig nicht. Weil ich aber damit noch nicht genug bestraft bin, «mag» sie mich. Grauenhaftes Szenario. Es lag dann angeblich wieder alles an der Typfrage, die jeden Tag hunderttausendmal auf der Welt als schlechteste aller Ausreden missbraucht wird. Ich hatte sie schon auf einem der vordersten Plätze meiner To-fuck-List gerankt, gut, damals hab ich das nicht so genannt, und dann wurde es nichts – eine Kränkung vom Fiesesten. Ich muss eingestehen, dass meine Flirt-Skills damals eher

bescheiden ausfielen. Von Strategie konnte nicht die Rede sein. Für sie stand ich immer auf einer Stufe mit ihrem schwulen Freund Anton, ich meine schwul im Sinne von schwul. Weil ich jetzt auch noch beschämt bin, dass ich eben «schwule Scheiße» gesagt habe, und weil sie unerlaubt anziehend aussieht und weil ich so verwirrt bin, dass sie überhaupt noch existiert, sage ich:
«Mittwoch um zehn hier?»
Ich stehe heute fester, stehe über diesem Typ Mädchen. Die kann mir nichts, das liegt hinter mir. Aber sonst ist sie die Carla von vor zwei Jahren: Sommersprossen um eine Nase wie eine kleine Rutsche, Kleidung, die immer leicht weht, und ein grünäugiger, fester Blick, der fordert, provoziert, mächtig provoziert. Aber nicht, dass sie eine Berliner Pöbelbratze wäre. Sie provoziert mehr kess als notorisch rotzig, dabei aber scharfzüngig und unerträglich charmant. Und das Beste: Carla hat nie ihre Brüste kontrolliert. Ich weiß nicht, warum es sonst niemandem auffällt, aber Frauen kontrollieren ständig ihre Brüste. Frauen überprüfen, ob wohl auffällt, dass eine größer ist als die andere, sie richten den BH oder korrigieren ihren Stand. Wenn du dann in dem Moment hinschaust, bist du der Gelackmeierte, außer du bist selber wie Carla und kannst jede Situation auf spitzem Hacken drehen. Carla tat nichts dergleichen. Das fand ich so lässig. Das war für mich das Zeichen einer urwüchsigen Natürlichkeit, etwa wie: Ich bin ein wunderschönes Unkraut, bin einfach da, aber was ist mit dir los, Junge? Niemand hat mich je so unsicher gemacht wie sie. Außer einmal, aber das ... Wie sollte es damals auch was werden? Während Roman in seinem schwarzen Jackett von der Kreu-

zung her wie ein Panther näher schreitet, sie von weitem grinsend mustert, nickt sie und ist auch schon wieder weg. Das Debakel ist perfekt. Roman wühlt im Gehen seine Handkamera aus der Tasche, hält sie auf mich und fragt: «Wer war das? Eine Clara? Claras sind immer ...»

«Carla.»

«Das Phantastischste überhaupt ist das Katastrophale an dir. Alles, was du machst, hat etwas derart Abgeschlagenes. Ich schätze das wirklich sehr. Allein wie du sprichst, dieser freundlich-wirre Journalistenton, immer etwas zu pointiert, immer ein Fremdwort zu viel, immer etwas zu aufgebauscht. Oder wie du sagen würdest: nominal stilisiertes Sprechen. Groß! Fantastique! Gin Tonic? Kein Gin Borgward?»

Roman zerquetscht seine Zigarette brutal mit der Stiefelsohle. Seine Laune verrät, dass er sicher zwei, drei Punkte gemacht hat.

«Sie haben keinen Cassis. Und ich will nicht darüber sprechen müssen, wie *du* sprichst.»

«Gestelzt, künstlich antiquiert?»

«Ja, aber. Nimm einfach die Scheißkamera runter, Roman. Und komm ein ganz kleines bisschen klar!»

«Sch, sch, keine Scheu. Schau in die Kamera, sie gehört zu uns. Stell dir vor: Sie ist eine leicht entstellte überirdische Instanz, ein verkaterter Gott, außen derangiert, innerlich überlegen. Schau in die Kreise der Linse, wie sie einander umschmiegen, das sind die Anthrazitaugen eines sehr weisen Viehs, und ganz innen steht die riesige Iris. Sie liebt dich. Du kannst ihr alles anvertrauen. Also wer ist diese Lara?»

«Carla, Roman, Carla.»

Selbstverständlich hat er von Anfang an verstanden, dass sie Carla heißt. Roman will nur ärgern, nur spielen, nie will er etwas anderes. Die meisten Menschen halten ihn nicht aus. Roman ist das wütende, überbegabte Kind, faul und über große Strecken gelangweilt, weil es die Prinzipien des Computerspiels viel zu schnell verstanden hat. Und trotzdem spielen solche Kinder doch immer weiter. Sie lassen den telefonbuchfarbenen Dino dann auf seltsamen Wegen durch das Sumpflevel laufen, zerschlagen sinnlos ganze Reihen von Bäumen, töten ohne Wahl kleinere Tiere, und kurz bevor der laufende Kohlrabi vom Endgegner zu Boden geht, schalten sie den Computer aus und starren. Ich weiß nicht, wieso Roman so ist, weiß nicht, wie er früher war, aber vielleicht ist das irgendwie auch gut. Sein Lauern, meine wohlige Nervosität und der schleimige Mond, der sich über die Dächer hieft, versprechen mir, dass wir heute tief, tief in den Dschungel hineingehen. Und auch wenn längst nicht mehr die alte Aufregung hochkommt, weil die nie wiederkehren wird, versetzt es mich doch in eine Art professionelle Zerfahrenheit. Jagdmodus.

ROBERT. CHENNAI INTERNATIONAL AIRPORT. Verlassene Balken von Check-in-Schaltern reihen sich den Gang entlang, den Hunderte murmelnder Inder in Schlaghosen entlangschlappen. Schlaghosen, denke ich, ziemlich Siebziger, das ist perfekt. In Europa wird die Schlaghose irgendwann ihre Wiedergeburt feiern. Da bin ich sicher. Wie wunderbar, denke ich, dass man hier ehrliche Farben und Schlaghosen tragen kann. Obwohl ihre Schnauzbärte mich doch eher an den Fliesenleger erinnern, der in den Neunzigern bei uns das Bad neu gefliest und meine Mutter irgendwann angetatscht hat, worauf sie ihn unverzüglich verklagte. «Der Widerling mit seinem Vergewaltigerbart», hatte sie ihn ihrem damaligen Freund gegenüber immer genannt. Vielleicht, das könnte ich mir sogar vorstellen, hat er sie auch gar nicht angefasst, und sie hat alles erfunden, damit ihr Freund sieht: Hier, schau, Handwerker fassen mich an. So frustverdreht war sie damals manchmal. Dann kommt endlich die Glasfront mit dem Ausgang. Auf der Flucht vor Garten-Chaman einen Blick auf meine Uhr werfend, bemerke ich meinen Fehler: Ich habe mich vertan. Um einen Tag vertan. Heute ist morgen, also bin ich einen Tag zu früh. Dieser Lennart wartet, aber erst morgen.

SCHÜTTLER. BERLIN. Beim Rausgehen sehe ich noch, wie er mich liebevoll und verächtlich zugleich anlächelt, wende den Kopf zu spät zurück und prelle mir, an der Türschwelle stolpernd, mein Fußgelenk. Dabei denke ich plötzlich an Laura. Obwohl wir keine zwei Wochen zusammen waren und eigentlich auch das nur aus Versehen, hat sie mit ihrem neunmalklugen Psychologiestudentinnenblick ständig gemosert, dass ich so wütend sei, und dabei selbstgerecht mit ihrer Teetasse Muster auf dem Tisch geschoben. Wütend und unreflektiert, sogar unreif sei ich, hat sie gesagt. Unreif. Dabei hat alles, was ich tue, Konzept und Kalkül. Alles. Vor allem das Gesaufe und Gepille: die Abwesenheit von Schmerz und die Anwesenheit der Befriedigung. Das ist meine Rechnung. Dabei müssen Befriedigungen gemäß ihrer Dauer, Intensität, Wahrscheinlichkeit und Häufigkeit berechnet werden, ich habe mir dafür ein kompliziertes Sys-

tem zurechtgelegt. Jedenfalls habe ich diese Nacht berechnet, und es kam eine Zahl weit über tausend heraus. In der Wohnung, die wir gerade betreten, stehen Stelen herum, überall Stelen. Sie ragen gegen die Decke und werden von einem Podest in der oberen Ecke mit fluoreszierenden Projektionen angestrahlt. Ich blicke direkt in ein schimmerndes Kameraobjektiv auf einem Stativ, und der Projektor wirft mein Gesicht, in Sepia stilisiert, gegen einen der Quader. Roman sagt, dass er gerade hier wohnt. Ich glaube das nur so halb, denn vor zwei Wochen hat er dasselbe über ein Hotelzimmer behauptet, ebenso wie einmal über eine zerrupfte Studentenbude. Ein anderes Mal fand ich Bilder von ihm auf der Veranda eines Einfamilienhauses, neben ihm eine verstörend schöne Frau. Vielleicht war das seine Frau, vielleicht hat er aber auch nur bei einem Margarinespot mitgemacht.
«Roman, verdammt, du wohnst nicht hier.»
Roman antwortet mit einem verächtlichen Komm-schon-Blick, und da frage ich mich ganz plötzlich und wie aus dem Nichts: Wie waren die Träume, als es noch kein Fernsehen gab? Vielleicht ist das jetzt eine komische Suffphilosophie, aber es interessiert mich. Wie ging das? Ich bin keiner jener Menschen, die alle zwei Bier erwähnen müssen, dass sie ja keinen Fernseher mehr haben. Das ist mir ganz egal. Ich weiß nur wirklich nicht, wovon die Leute davor geträumt haben. Meine Träume haben immer etwas aus dem Fernsehen, auch die schönsten. Als ich die Redaktionstreppen hinunterschwebte, weil Wieland mich von der Klatschratte zum Kunstwolf befördert hatte, unterlegt ich das im Kopf mit Musik, anschwellend triumphalen Akkorden, wie im Film. Alles Große stelle ich mir mit Musik unterlegt vor. Das ma-

chen alle so. Aber Roman sagt, das sei eine blöde Frage, und dann grinst er plötzlich.

«Weißt du, ich habe letzte Woche ein Foto gesehen, vor dem ich neidvolle Minuten lang stand und dachte: So will ich sein.»

«Du hast keine Träume, Roman.»

«Na, aber!»

«Du hast dich noch nie ernst genommen, du hast noch nie irgendwas ernst genommen, du wirst nie erwachsen, du, du, du wirst nur immer böser und besser, und irgendwann kippst du um. Tschak.»

Roman stellt seinen Gin Borgward ab, schließt die Augen und spricht jetzt mit beschwörender Stimme, sodass es fast scheint, als würde er von einem Teleprompter auf der Innenseite seiner Augenlider ablesen:

«Ich habe Träume. Das Foto zeigt also einen alten Mann. Ein alter Mann, offensichtlich ein Model. Entrückter Blick, aber nicht tuckig, sondern roh und ernst. Er steht, aufrecht und stolz, ein konsequent drahtiger Körper und an seinen dezent eingefallenen Wangen der modischste Vollbart, den ich je erblicken durfte. Er trägt einen schmalen Dreiteiler – Dreiteiler, mein Guter, Dreiteiler – und bricht das Ganze mit einem Halstuch, das wie ein kratziges Stück Kartoffelsack aussieht. So weit, so elegant. Nun blickt man auf dieses Bild und meint, es könnte ein normales, ja, okay, ein besonders geschmackvolles Armani-Shooting sein. Aber der Blick und die Haltung des Mannes sind zu ernst und verraten, dass es etwas anderes ist. Auf der Plakette neben ihm steht sein Name und wer er ist. Ein 1944 von den Alliierten in Belgien inhaftierter flämischer SS-General. Der Beton hinter ihm ist nicht szenig, es ist eine Zellenwand, seine Hose hängt, weil sie ihm den Gürtel genommen haben, sein Bart ist kein Zitat, er wuchs, weil er sich nicht rasieren konnte, und sein Ernst ist kein Marketing, sondern echt, ein Ernst voller Härte und verdrängter Verzweiflung, ein Ernst, der den Rücken durchstreckt, der schießt und tötet und der jetzt im Kriegsgefangenenlager sitzt, weil der Mann ein Arschloch ist, aber ein echtes Arschloch, das nie auch nur irgendeine ironische Brechung nötig hatte.»

Ich starre auf Roman.

«Aber du bist nicht ernst, Roman. Du bist der ironischste aller Menschen.»

Er bricht in Lachen aus.

«Ich meine alles ernst. Und auch wenn du es nicht glaubst, aber ich will nichts anderes als da sein.»

«Da sein?»

«Du bist der Einzige, der keine Träume hat. Ich hingegen will nur da sein mit Jesus.»

Roman beugt sich vor, reißt dann abrupt den Kopf nach hinten und beginnt zu singen:

«Einfach nur da sein. Leben. Mit Jesus.»

Ich stimme ein.

«Einfach nur da sein! Leben! Mit Jesus!
Er kam, sah und liebte – Jesus.
Er hat ein Loch in der Hand – und da fließt Liebe durch.
Ich will alles leben: dich und all die Liebe.
Ich will alles geben, auch das letzte Hemd:
Hey, Gott ist die Future. Das ist der letzte Trend!»

Draußen schimmelt die Stadt in den Morgen. Wir haben Tau auf den Lianen.

ROBERT. CHENNAI INTERNATIONAL AIRPORT. In der fetten Schwüle fühle ich mich wie ein Holzpflock in einem kochenden Teich. Der Rücken steif, die Beine wie morsch, ich stehe in der Schlange zum Rikschastand. Alles klebt. Chennais Dunst hinterlässt einen farblosen Schmierfilm auf meiner bleichen Haut. Meine Brille ist schon wieder fettig. Aggressive Sonnenstrahlen schneiden durch die Luft. Dauernd neue Geruchsstöße. Diesel und Ruß, Staub, etwas wie Stroh und sehr viel Süßliches, völlig fremd, aber nicht unangenehm. Eigentlich habe ich ja kein Problem mit Dreck, ich lehne den Reinlichkeitsfimmel, den die Kosmetikindustrie uns zu diktieren versucht, bei dem Körper nicht nach Körpern riechen dürfen, total ab. Wäre da nicht dieser Reiseschweiß, der dauernd das Bedürfnis in mir auslöst, eine kalte Dusche mit viel Seife zu nehmen. Am besten täte die scharfe Kernseife meiner Oma aus Wolfsburg, die Ablagerungen, Dreck und Hautschutzfilme gnadenlos wegätzt. Die deutscheste Seife, die es gibt. Ein turmartig beturbanter Sikh lässt seine Rikscha aus der Spur scheren, falls sie so etwas wie eine Spur hatte, und fährt mir knapp nicht über den Fuß. Wie mir meine Mutter vor zwei Wochen erklärte, als sie vom Inder mitgebrachtes Essen auf zwei ihrer flachen, trapezförmigen Designerteller schob:

«Indien, Robert, Indien ist ein aufstrebendes Land, die Supermacht der Zukunft. Schau dir das ruhig mal an. Da kommt was Großes.»

Was Großes. Die plappert auch den dümmsten Mist nach. Diese verhetzt-verblendete Frau würde ihren Kopf abschrauben, wenn das nur eine ihrer Zeitschriften schriebe oder ihr Chef, Straatmann, es anordnete.

«Frau Schmidt, die Firmenleitung hat beschlossen, dass alle führenden Mitarbeiter jetzt ihre Köpfe abschrauben und kurzfristig in einen Thinktank werfen müssen, ein innovatives Konzept, directgesourct aus New York. Mappleworse & Chepp haben das entworfen, und ihre Agenturen sind sofort durchgestartet – koordinieren Sie das bitte!»
Nickend würde sie ihren Hals nach einem Gewinde abtasten. Bis zur Mittagspause würde sie in ihrem rutschigen Glasbüro danach suchen, einen Kapselkaffee intravenös gedrückt, dann weiter und weiter bis in die Überstunden, bis sie am nächsten Morgen Straatmann gegenüberstünde, der wie immer als Erster ins Büro käme. So pupillenzerfetzt auf Koks, auf einem Hochplateau der Selbstverherrlichung. Sie würde keuchen, hätte längliche Striemen überm Kostümkragen:
«Herr Straatmann, es gibt gewisse Umsetzungsprobleme.»
«Frau Schmidt, schießen Sie los!»
«Gerne! Umsetzungsprobleme, wissen Sie. Ich, ich, ich, ich finde das Gewinde an meinem Hals nicht. Wenn Sie doch kurz ...»
So ist das ungefähr: Wir, und besonders meine Mutter, sprechen über Sachverhalte und Orte, die wir keinen Fussel kennen, höchstens in groben Schemen erahnen. Mit weltmännischer Geste faseln wir von der Pressefreiheit in China, von der Uranaufbereitung im Iran und den schwitzenden Polkappen, und niemand kennt auch nur einen, der einmal da gewesen wäre. Wenn ich ganz ehrlich bin, weiß ich nicht mal, ob es das alles überhaupt gibt. China. Iran. Die Polkappen. Es würde mich kaum wundern, wenn nicht. Chennai aber gibt es. Inzwischen sitze ich schon in der Rikscha. Und

Chennai stinkt gerade ganz unabstrakt beißend in meiner Nase, weil der Schnauzbart da vorne mit geschäftiger Miene sein senfgelbes Gewand hebt und hinter sein mit Müllsackplanen gedecktes Haus scheißt. Mit ernstem Blick zu mir. Wie eine Aufforderung.

SCHÜTTLER. BERLIN. «Ich denke, das ist deine Nummer. Du wunderst dich sicher.»
Ein Flattern ihrer Stimme, wie zitterndes Glas. Mikroskopisch dünn. Schnell wegdrücken.

ROBERT. CHENNAI. Dem Rikschafahrer habe ich erklärt, dass ich in ein gutes, großes Hotel möchte. Für den Anfang ist das okay. Später werde ich alles nehmen und fern der Touristenrouten auf meinen eigenen Abenteuerpfaden ziehen. Ein Strohsack im Ziegenstall, eine Leinenhängematte zwischen zwei Banyanbäumen, eine schmale Holzpritsche, die ich mit einem Sadhu und seinem Riesenbart teile. Ich werde wenig brauchen und dafür umso mehr sehen. Ein Chai am nächsten Morgen wird mich mit allem versöhnen. Später.
An sich gebe ich einen Kot auf die geleckte Ästhetik der teuren Kommerzhotelbunker. Mit dem Hilton könnte man mich jagen. Ich würde nicht für die Gitarre von Jimi Hendrix in diesen stocköden Piefigkeitskammern pennen. Na ja, für die Gitarre von Jimi schon, die ist das Allerpsychedelischste auf der Welt. Während die Rikscha, schwarz-gelb wie alle, sich dauerhupend viel zu schnell mit Rucklenkungen durch den dichten Verkehr schlängelt, kauert meine Wahrnehmung am alleräußersten Rand ihrer Aufnahmefähigkeit.

Ich stehe sozusagen unter sensuellem Dauerbeschuss, gerade weil ich allein bin. Einen Ort, den man nicht alleine geschaut hat, den hat man nicht gesehen. Angebrannte Palmenstümpfe bilden den Rand der holprigen Straße. Eben herrschten noch die langen Betonreihen schimmliger Plattenbauten vor, inzwischen sind es niedrigere Geschäftshäuser und berstende Kramläden, dazwischen knallige Stände mit Ketten kassettengroßer Kautabaktütchen, Berge von Obst wie Farbpaletten und Kühlboxen voll Colaflaschen und Colabüchsen, wo gibt es das nicht? Seltsamer Trödel türmt sich, und ein Bengel stampft in einer Pfütze. Weiter hinten ragen smogumschlierte Schemen gläserner Gebäude, vermutlich Megaeinkaufscenter. In einem wellblechgedeckten Devotionalienladen stehen Dutzende Ganeshastatuen aufgereiht, dazu Granitelefanten mit den Gesichtszügen amerikanischer Hip-Hop-Produzenten, mal zweiäugig, mal dreiäugig.
Die nächste Kreuzung. Danach drängen sich Behausungen aus blauen Plastikplanen, Altmetall, Pappfronten, Palettenkisten und immer wieder blauen Plastikfetzen aneinander – ein Slum, Hügel aus Müll. Ich verrenke mir im Weiterfahren den Hals danach. Und in jedem Fenster, auf jedem Müllberg, hinter jedem Straßenstand und Rikschavorhang ein gewitztes Gesicht mit dunklen Augen, die mich anschimmern mit einem seltsamen Interesse. Ein vollbesetzter Eselskarren mit winzigen, auf mich zeigenden Kindern versucht, uns zu schneiden, doch der Rikschafahrer macht Tempo, statt zu bremsen, treibt den Gashebel über den Anschlag hinaus. Undefinierbare Geruchswolken und Farbfelder, alles irrt im Höllentempo. Nur das schwarze Rinnsal am Straßenrand

mit seinen vereinzelten Blasen fließt ruhig und zäh, es trägt zertretene Chaibecher wie kleine Schiffswracks die Straße herunter.
Ich denke gerade gar nicht an Luca. Mit Schweißfingern schnalle ich das Seitenfach meines Rucksackes immer wieder auf und zu. Diese Unsicherheit muss ich ablegen, um mich der Fremde auszusetzen, um sie richtig zu erfahren. Und dann falte ich meine Hände, drücke sie fest und fester zusammen. Jetzt werden sie weißlich, und ich kriege auf einmal so ein richtiges Indiengefühl und denke, während ich meine Finger immer mehr verklumpe: Ich bin ein kleines Tier in der Horde, ein etwas zu zappeliger Fisch im großen Schwarm dieser bunten Fahrzeuge, durch deren Lack der Rost wie kleine Schuppen platzt, wie sie sich umeinanderwuseln, in einem eigenen, für mich undurchschaubaren Rhythmus, und immer wieder blechern hupen. Von außen scheint es das absolute Chaos, keine Regeln, keine Struktur. Mein Fahrlehrer würde seine Mentholzigarette verschlucken vor Entsetzen. Aber wenn man von seinem westlichen Kontrollwahn ablässt, kann man ein Teil dessen werden, kann schwimmen im riesigen Fluss der Energie. Und das ist um Lichtjahre besser als jedes Blinker-setzen-jeder-hat-seine-aufgemalte-Spur-Abbiegen. Es ist ein Rausch. Jawohl. Das Glühen im Rücken flammt bis in den Bauch. Ich bin unterwegs in Indien und eigentlich wirklich glücklich. Und jetzt lodert alles. Die Farben! Darauf versuche ich mich zu konzentrieren: keimiges Schwefelgelb, verwaschenes Chromrot, Beerenfarben, prallstes Purpur, Koralle, tiefes Kaminrot bis ins Mahagoni, Infernorot, stechend, und dann wieder ein blasses Lavendel, ganz altzart. Auf der Mittelinsel kaut

eine knochige Kuh mit einem weißen Fleck auf der Stirn mit der selbstverständlichen Einfalt eines Potsdamer Türstehers auf der Titelseite der *Hindustan Times* herum.

SCHÜTTLER. BERLIN. Was diese Bar erträglich macht, ist der stuckschnörkelige, winzige Raucherbalkon. Von da kann man auf die Straße schauen oder durch die beschmierte Balkontür nach innen, hat aber immer so viel Distanz, dass der Ekel im Rahmen bleibt. Roman starrt zum Ende der Straße und referiert mit gelegentlichen Aussetzern einen Monolog über die Bedeutung von Pittiplatsch, halb für die Fußgänger unter uns, halb für mich.

«Pittiplatsch ist eines der größten Kunstwerke der letzten fünfzig Jahre. Absolute –»

Roman wühlt in seiner Jacketttasche, findet nichts, setzt wieder an.

«Absolute Avantgarde! Pittiplatsch war der vorweggenommene Prototyp des Menschen um 2010, nur besser. Seine –»

Roman öffnet die Balkontür, signalisiert, dass er noch einen Gin Borgward möchte, und schließt kurz die Augen.

«Ein Merkmal seiner Grandiosität ist zum Beispiel die geschlechtliche Unverortbarkeit. Pitti wird von einer Frau gesprochen, ist aber grammatisch männlich – der Pitti – und in seinem Verhalten und Aussehen völlig androgyn. Er spricht von sich in der dritten Person: ‹Pitti kann jetzt keinen Kakao trinken, er muss Moppi suchen.› Das nimmt den Facebook-Status-Duktus vorweg. Außerdem hat er dieses eigentümliche Verhältnis mit Schnatterinchen, das nie definiert wird. Ist sie seine Freundin, seine Frau, seine Affäre? Weil man im

Unklaren ist, welche Art der Beziehung man eingehen möchte, man ist ja zerrissen zwischen Bindungs- und Verlustangst, benennt man diese Beziehung lieber besser gar nicht. Hochmodern! Dann Pittiplatschs Aussehen: Er sieht betörend scheiße aus. Man weiß nicht, ob er ein Kobold ist, ein Außerirdischer oder nur ein Kastanienmännchen. Eigentlich hätte er von Anfang an unendlich verstörend wirken müssen, aber nix da. Und warum? Weil er so umgarnend sympathisch war. Alle lieben Pitti. Und das ist die ganz große Kunst: Avantgarde mit breiter gesellschaftlicher Akzeptanz und entwaffnendem Charme.»

So plantschen wir schon eine Stunde im freundschaftlichen Gemeinsamkoma. Mal redet einer viel, dann lange keiner. Zwei Geckos im Abendlicht. Roman trinkt den Rest des noch fast vollen Borgward auf ex und schiebt mir dann einen Zeitungsartikel herüber.

«Das ist das Allerbeste. Genieß es langsam.»

«Ich kann nicht mehr lesen, weißt du doch. Berufskrankheit. Erzähl's mir!»

«Mmh.»

Roman krempelt umständlich die Hemdsärmel hoch, legt seine schlanken Finger auf den Tisch, senkt den Kopf und sieht mich dann aus den Augenwinkeln an.

«Also. Ein New Yorker Magazin musste kurzzeitig zwanzig Aushilfsmitarbeiter anheuern, nur um die Antworten auf eine einzige Kontaktanzeige vom Rest ihrer Post zu trennen. Es kamen nämlich Zehntausende Briefe, weil eine Frau eine Anzeige geschaltet hat, etwa in diesem Wortlaut: ‹Ich suche dich. Du bist gestern mit deinem MacBook am Nebentisch im Café gesessen und hast angeregt von deinem Projekt erzählt. Leider habe ich mich nicht getraut, dich anzusprechen. Bitte melde dich. Kontaktstichwort, blabla, hokuspokus.› Und was passiert? Es schrieben Tausende Männer, ich meine natürlich Hipster, auf diese Kontaktziffer und ließen damit über Nacht die Post kollabieren. Weil sie einfach alle ins Schema gepasst haben. Alle ohne Freundin, alle mit MacBook, alle dauernd in Cafés, wo sie alle, wirklich alle angeregt von dem, was sie Projekt nennen, sprechen. Das ist so entblößend, so herrlich!»

«Und so widerlich.»

«Und so widerlich!»

Wie die Anzeige sie entblößte, mit einem Handgelenkschwung entblößte! Das würde ich gerne schaffen. Erst fühle ich mich kurz gedemütigt, weil das so gut ist. Und mich überfällt dieses unerträgliche Gefühl, das immer dann kommt, wenn ich monatelang eine vage, aber glühende Idee für einen Artikel im Kopf habe, einen schemenhaften Ansatz, im Kern klar, aber in der Ausführung noch ganz ungestaltet. Und ich weiß und weiß nicht, wie man es umsetzen könnte, bin aber sicher, dass die Idee diesmal gut und wirklich eigen ist. Und dann finde ich irgendwann im Wartezimmer beim Zahnarzt die uralte Ausgabe irgendeiner Zeitschrift, blättere halb hinein und entdecke, dass dort jemand anderes meinen Artikel längst geschrieben hat, vor Monaten und in Umsetzung und Stilbewusstsein Galaxien besser, als ich es vermocht hätte. Jetzt aber zerfällt die Demütigung sofort in einen Schwarm von Aufregungshornissen, als ich meinen Denkfehler bemerke. Sicher, die Anzeige war ja nur Zufall. Aber man könnte, nein, müsste etwas Ähnliches fingieren, man könnte.

«Ich will ...»
Roman schreckt auf, ich höre mich in Fahrt kommen:
«... dass die Szenemongos bluten, dass sie ausbluten in einen kleinen Behälter – den du dann schwenken und in dem du dir durch ein laserpoliertes Monokel die Oberflächenspannung der Bläschen anschauen kannst.»
«Ja, pass auf!»
«Das ist der richtige Ansatz: Jesus!»
Roman prustet halbkünstlich. Er hat schon wirklich lachen müssen, hat das Lachen dann aber aus Effektwillen zum Prusten verstärkt und sich deshalb verschluckt. Er hustet auf und richtet sich dann schmunzelnd zu seiner Zuhörpose auf. Ich setze wieder an.
«Nein, pass auf! Halte inne, setz dich aufrecht, jetzt kommt ein Satz, den ich schon mein Leben, mein gottverdammtes ganzes Leben sagen wollte: Ich habe einen Plan.»
«Erbarmen!»
«Wir machen das auch. Die ganzen Hipstermongos haben uns lange genug unter ihrer geschmacklosen Präsenz leiden lassen. In die Hacken treten reicht nicht mehr, längst nicht mehr. Sie nerven, sie setzen uns unter Druck. Man kann sich nicht mal richtig wehren, denn sie greifen sofort alles ironisch auf. Entweder ich kleide mich bewusst als Gegenmodell, habe andere Interessen und höre andere Musik. Oder ich toleriere sie. Aber ich will das alles nicht. Selbst das Hipsterbashing nervt schon in seiner inflationären, verlogenen Präsenz. Hipster lachen über Hipster. Es reicht einfach. Wir müssen extremer werden. Untergraben, zermürben. Es ist Zeit für ästhetischen Terrorismus!»
Klar bin ich angetrunken, aber ich meine überschauen zu

können, dass meine Idee etwas Grundgutes ist, etwas, woran man glauben kann. Und auch wenn noch eine spöttische Grundspannung auf Romans Lippen liegt, kann er nicht verstecken, dass die Idee ihm gefällt.

«Bueno, bueno, bueno. Ich bin dabei.»

ROBERT. SINDORI HOTEL. Auf der Bettkante sitzend, halte ich mein schweißklebriges Gesicht in den Händen. Sekunden nach dem Waschen mit der schleimigen Hotelseife klebt es schon wieder. Lass dich treiben. Ich lehne mich zurück und denke noch, dass das Hotel eigentlich viel zu teuer für mich ist und auch gar nicht abenteuerlich, sondern schrecklich mittelklassig. Aber alle anderen guten Hotels ... also, nicht, dass ich Angst gehabt hätte, aber sie sahen schon zum Triefen schmierig aus. Plötzlich fällt mir das «Law of Travel Economics» von Hunter S. Thompson ein. Der wusste, wie man reist. Wie er durch Amerika getaumelt ist, Hells Angels, Rum, Mescalin, nicht mal beim Schreiben war er nüchtern, und er sah trotzdem klarer als alle anderen. Ich habe seine Bücher gelesen, während alle anderen nur mit kleinen, rotglühenden Augen und sabbernd Chips zerknirschend in irgendeinem Reihenhauskeller «Fear and Loathing in Las Vegas» geguckt haben. Aber die sind natürlich voll die Fans und haben sich das bescheuerte Poster an die Wand gekleistert. So ist das. Das Gesetz also, ich weiß nicht, aus welchem Buch es ist, geht ungefähr so: «Fullspead ahead and damn the costs. The rest will come out in a wash later.» Ich reise also unter dem Stern eines Thompson'schen Mottos. Das Hotel geht verdammt klar. Mit einem Schlag schlafe ich ein.

SCHÜTTLER. BERLIN. Im Aufwachen überlege ich, was am krassesten ist: Stalin oder Koons, Hiroshima oder El Arenal, Atom, Laser oder aber Kryptonit, kolumbianisches Kokain, ungestreckt auf einem Schenkel, oder meine momentane Morgenzerstörtheit, überrieselt von glassplitterfeiner Überlegenheit. Es fällt mir schwer, eine Antwort zu finden. Meine Bewegungen schneien durch den Flur. Meinetwegen bin ich noch um ein Nasenflügelzittern zu verstrahlt, meinetwegen. Mein Kiefer tut weh, und mir ist kalt, tausend Höhenmeter die Sekunde, meine Augen, okay, mäßige Tränensäcke – nur Contenance, Schüttler. Wozu brauche ich einen Scheiß-Anrufbeantworter? Ich mache schnell Kaffee, trinke ihn nicht, versuche ein paar Zeitungen zu filtern, richtig lesen kann ich gar nicht mehr. Auch das Filtern klappt nicht, ich dusche ein zweites Mal und gehe etwas früher in die Redaktion.

«Aha, Schüttler, setzen Sie sich! Rauchen? Kaffee? Saft? Hab da diese phänomenalen, kleinen Dinger: Himbeer, Brombeere, Exotic-Mix, heißt das. Toll. Egal. Zigarette?»

Wieland gibt mir Feuer.

«Danke.»

Er reicht mir einen von den blöden Säften. Hummelwach schiebt er sich auf seinem Protzsessel vor und zurück, während er nach meinem Artikel wühlt. Ich war noch nie früher in der Redaktion als nötig. Das hat man davon. Und schon rattert die Wielandmaschine los:

«Ja, das war wieder was für Sie, he?!»

«Die Nacktmalerin?»

«‹Der Körper ist der beste Pinsel›, hier ist es. Gut, gut, gut, meinen Respekt. Aber ruhen Sie sich nicht drauf aus.»

In meinem Büro lese ich die neuen Mails und lösche alle. Dann suche ich meinen Artikel: Alles drin. «Der Körper ist der beste Pinsel.» Klar hat Wieland das geliebt! Sitzt! Sitzt! Sitzt! Sicherlich, ich habe hier und da die Realitätslücken gekittet, Zitate an ihren äußersten Achsen festgeschraubt und Beliebigkeiten rausgefegt, aber alles im Rahmen, fast. Sogar die Textredaktion war mal zurückhaltend. Schütti, du bist ein Fuchs, sage ich zu mir selber und versuche, wie Schleymayr zu gucken, aber es ist schon dunkel, und ich erkenne nur Schattenfronten im Spiegel.

ROBERT. SINDORI HOTEL. Ein rostiger Blechkessel, riesengroß und heftig ausgebeult. Ich schwimme darin mit sieben drahtigen Indern sowie, Überraschung, Sabine Christiansen. Wir tragen Dreispitzhüte und planschen. Freibad und Überlebenskampf. Mein rechtes Bein ist jetzt heiß und schwer.
«Kalte Arbeitslosensuppe!»,
preist ein hausgroßer Imbissbudenbesitzer immer wieder an,
«Kalte Arbeitslosensuppe!»
Er meint uns. Sabine Christiansen schnaubt verächtlich. Ich verstehe das alles nicht, schnaube aber genau wie sie, weil ich will, dass sie mich mag, woraufhin der Imbissbudenbesitzer uns herausschöpft und in grellweiße Plastikschalen schüttet. Möhrengeruch. Lehm. Christiansen ist weg. Dafür ist Garten-Chaman jetzt da. Mein Bein fühlt sich an wie in Metall eingegossen, und ich halte mich nur keuchend über Wasser. Garten-Chaman grinst, wiegt seinen Kopf und flüstert mir Tipps zu, die ich nicht verstehe. Aber ich ahne: Er denkt, ich kann nicht schwimmen. Dann ertrinke ich.

Als ich aufwache, weiß ich nicht so recht, wo ich bin. Ganz grob spüre ich es, mir fällt aber der Name des Ortes nicht ein.
Fortwährend stoßen fette Insekten gegen die Fensterscheibe und wollen hinaus. Mein Schlaf war eine Art Ohnmacht. Mein Bein ist eingeschlafen, die Zunge schmeckt bitter. Ich schwitze stark. Ich stehe auf, öffne das Fenster und sehe hinaus in den Gestank und das Getümmel, und wieder fange ich diese Blicke auf, schlägt mir dieses Interesse entgegen. Naive Blicke. Nein, das darf ich nicht denken, und eigentlich finde ich das ja auch nicht wirklich, aber es fühlt sich gerade so an. Ich versuche, dem standzuhalten, schaffe es nicht, versuche es wieder. Keiner der Inder wendet die Augen ab. Dabei habe ich mich noch schnell im Spiegel betrachtet und befunden, dass ich weitestgehend normal aussehe. Diese Blicke. Ich muss mich wegdrehen, ins Zimmer zurück, ich lehne mich an die Wand. Der geöffnete Rucksack liegt auf dem Boden wie ein erlegtes Wildschwein. Draußen röhrt eine Kuh. Ich bin allein, aber die Wände schweigen amplitudensprengend laut, es knistert elektrisch, und irgendwas wird da hereinbrechen, irgendwas wird diese Stille bald zerfetzen, das spüre ich. Indien schweigt nämlich nie. Indien hält nie an. So viel habe ich schon mitbekommen. Als ich vorhin in der Hotellobby stand – die Holztür klappte gerade hinter zwei Franzosen zu, und der Portier verschwand in einer Hinterkammer –, da war ich kurz alleine, zum ersten Mal alleine in Indien. Ich wagte keine Bewegung, kein Räuspern, aber es war nicht wirklich still, nicht wirklich unbewegt. Da waren die tonlosen Mikrovibrationen der Wände, die ich nicht höre, nicht sehe, aber ahne, nein, weiß. Sie ver-

raten, dass es draußen schwirrt. Da lagen Schlieren in der Luft, die wissen ließen, wie viel hier umhergegangen wurde. Die Archäologie der gewesenen Bewegungen, man spürt jede einzelne Bewegung, und hier waren Milliarden, jede einzelne Bewegung hinterlässt so etwas wie Energiefeldverwirbelungen. Ich spüre das. Es klopft.

«Namaste, Sir! Roomservice.»

Der Angestellte in Uniform und Käppchen linst neugierig ins Zimmer. Was er sagt, verstehe ich kaum. Dass ich nichts möchte, überhört er. Nachdem er das Zimmer und mich neugierig gemustert hat, macht er scharwenzelnd mein Bett, richtet den Rucksack auf, verriegelt das Fenster und will mir zeigen, wie die Dusche funktioniert, das Licht und der Fernseher. Als er beginnt, die Lampen zu kontrollieren, erkläre ich, dass ich gern schlafen würde, man solle mich nicht stören. Ich gebe ihm nervös einige Scheine, ihren genauen Wert weiß ich nicht, und er verlässt den Raum rückwärts, sich immer wieder verbeugend. Namaste. Irgendetwas ist falsch an diesem Abend. Er bricht gräulich herein in dieses traurige Zimmer mit den kugeligen, gegen das Fenster schlagenden Insekten, bricht herein über diesen überquellenden Haufen von Stadt. Etwas fühlt sich nach Fehlkomposition und nach Ungereimtheit an, und ich – das ist der Druck am Zwerchfell – fühle mich unsäglich fremd. Ohne Plan greife ich meinen Rucksack, luge vorsichtig in den Flur, trete aus dem Zimmer und gehe zügig.

SCHÜTTLER. BERLIN. Wir haben uns formiert. Gut, Roman hat uns formiert. Er sagte, wir müssten uns sofort treffen. Er habe Komplizen für mich und ihn. Ich würde sie sicher lieben, denn wir seien alle Brüder im Geiste. Das sei das Wichtigste. Und jetzt stehen wir da und sind eins, weil wir den gleichen Feind haben. Wenn ich daran denke, zieht es mir immer wie mit einem Stahlwolleballen durch den Magen und kribbelt am Gaumen. Das Feindbild ist klar skizziert: Hipster, Szenemongos. Ronnie nennt sie Ficker. Jetzt stehen wir uns in der Kampfzentrale lauernd gegenüber, in einem Raum, dessen beste Eigenschaft ist, dass ich nichts über ihn weiß, weder, wie wir an ihn herangekommen sind und wo er genau liegt, noch, wem er gehört. Mirko hat irgendwie seine Finger im Spiel. Die vom Schwarzgrün ehrwürdiger Kastanien zur Allee geadelte Straße kenne ich, das schon, aber sobald die Haustür schwer in ihren pfandflaschenbraunen Rahmen gefallen ist und ich den ersten, schräg ansteigenden Quergang entlangirre, weiß ich schon nicht mehr, wo ich genau bin.

Wir stehen uns gegenüber, bereit und gewillt, den Szenemongos ihre Grenzen zu zeigen, sie zu besiegen. Für eine bessere Welt. Lasst uns eine Räuberbande gründen, denke ich und bin nervös bis in die leicht dreckigen Ränder meiner Fingernägel hinein. Wer soll unser Anführer sein? Eine Bande, so wie früher. Nur dass wir diesmal wirklich einen Gegner haben. Damals, als Neunjähriger, war das mit meiner Bande nicht so. Wir hatten einen Namen, Waldhüter, wir hatten alles im Griff, das gesamte Forstgebiet war unter unserer Kontrolle. Damals schnitzten wir Pfeile, aus den Stäben von Silvesterraketen, an der Spitze beschwert, wir bauten eine Art Festung mit Spähbaum und Holzwällen. Wir fanden sogar immer jemanden, den man ärgern konnte, wenn es langweilig wurde, nur richtige Gegner hatten wir keine. Wir spähten und patrouillierten, streiften durchs Gebüsch, bis uns das Harz die Hosen verklebte, aber es gab niemanden zu bekämpfen. Nur einmal kamen die, die ich furchtvoll «Jugendliche» nannte. Sie waren größer, gelangweilter und aggressiver als wir. Wir verteidigten uns mit Pfeil und Bogen und tränennaher Verzweiflung. Als sie unsere Festung auseinandernahmen, flüchteten wir zu unseren Eltern. Später bauten wir die Festung durchdachter und widerstandsfähiger wieder auf und verstärkten unser Waffenarsenal, bereit für eine Revanche. Wir suchten sogar nach ihrer Festung oder überhaupt irgendeiner Festung, damit wir auch mal eine kaputtmachen könnten, aber wir fanden nie wieder richtige Feinde. Das ist jetzt anders.

Roman sitzt auf einem Holzschreibtisch, bei dem ich schon vom Anschauen Splitter unter den Nägeln spüre. Er hat eine kleine, ausnehmend knubbelige Kamera auf ein Stativ montiert. Keine Ahnung, wozu. Er erklärt:

«Filmen, dokumentieren, das dritte Auge. Du weißt, wir brauchen O-Töne, wir brauchen die Perversion als Detailaufnahme, wir müssen ganz nah dran sein.»

Er klingt wie Wieland, denke ich.

«Du klingst wie Wieland.»

«Dein Chef?»

Roman weiß genau, dass er mein Chef ist.

«Ne, mein Guru. Vogel!»

«Machste Karma oder wie?»

Ronnie fragt das. Ronnie habe ich kennengelernt als eine Art Handlanger von Roman, für den er diverse Aufträge von Lötarbeiten über Botendienste bis zum Bierholen erledigt. Manchmal überlege ich, ob Roman vielleicht sein Cousin ist oder sein Bewährungshelfer oder seine Domina. Passen würde das alles zu Ronnie, der so viele Kippen raucht, dass seine Iris bald gelb und seine Zähne ocker sein werden, der natürlich nur Kippen rauchen kann, keine Zigaretten. Ronnie trinkt auch Mollen, nicht Biere, und findet viele Dinge einfach nur «öhke!».

«Öhke Schühchen haste da an!»

Oder:

«Rescht öhke jewesen det Schnittschen – hätt ick ma drüberwalzen können.»

Ich bezweifle, dass jemand anderes als Ronnie das Wort «öhke» benutzt. Es ist eines dieser Wörter, die es zwar nicht gibt, deren Bedeutung aber unglaublich einleuchtet, wenn es Ronnie aus dem Mund rumpelt: Öhke ist öhke.

Sekunden wischen vorbei wie eine U-Bahn im Augenwinkel. Ich käue mein zweites Deleuze-Zitat wieder, als seien es meine eigenen Worte.

«Weder zur Furcht noch zur Hoffnung besteht Grund, sondern nur dazu, neue Waffen zu suchen.»

Ich versuche, weiter zu sprechen:

«Lass uns eine Räuberbande gründen.»

Ronnie wühlt aus seiner Unterhose die wohl kauzigste und hässlichste Pistole, die ich je gesehen habe.

«Ah! Ich meinte es nicht auf diese Art.»

«Juti, juti. War gagisch gemeint.»

Roman folgt mit der Kamera Ronnies ungelenker Bewegung, mit der er die Pistole in die Unterhose zurückverstaut. Wir stehen uns also gespannt gegenüber, Ronnies Körperhaltung ist ohnehin immer wie sprungbereit, und warten auf Mirko, den Makler, der nicht wirklich oder zumindest

kein richtiger Makler ist. Die Geschichte seines Namens ist das Einzige, was ich neben seiner seltsamen Vorliebe für schlechte Schüttelreime von ihm weiß, und das genügt bereits vollends.
Irgendwann, so hat es mir Roman erklärt, war Mirko in den Sümpfen eines Totalbesäufnisses in einem Stripclub in den Tiefen Thüringens an dem Punkt angelangt, an dem er gegen einen Mann mit weißem Cowboyhut samt Goldkordel gewettet hat. Das sollte man nie tun. Mirko tat es. Inhalt der Wette war die Frage, ob Mirko den Stiefel der Barfrau, gefüllt mit einer Mischung aus Doppelkorn und Johannisbeersaft, in einem Zug leertrinken könne. Begleitet vom champagnerseligen Stiefelstampfen und Johlen der Puffmutter steigerten die beiden sich hoch und höher. Der Mann unter dem Cowboyhut wettete um ebendiesen. Mirko bot in seiner Betrunkenheit und Großspurigkeit als Gegenstück ein Haus in Apulien, er besaß allerdings keines. Um es kurz zu machen: Mirko verlor die Wette, nicht aber seine Ehre, denn mit Hilfe windiger Tauschgeschäfte erstand er eine Art Steinschuppen in direkter Nachbarschaft der größten apulischen Müllverbrennungsanlage, den er dann dem Mann unter dem Cowboyhut übereignen wollte. Nur kannte er weder dessen Adresse noch seinen Namen, er traf ihn auch nie wieder. Seitdem ist Mirko im italienischen Immobiliengeschäft tätig.
Die Tür schlägt gegen die Wand, eine kleine, weiße Wolke Staub wirbelt über dem Boden. Mirko knöpft seinen Parka auf, wirft ihn auf einen Sessel und fährt sich unter Nackenwirbelknacken durch den Gelbrocken seiner Haare, um dann zu säuseln:

«John Porno! Wie der Italiener es zu sagen pflegt.»
«John Porno?»
Roman hinter seinem Kamerastativ stupst mich an und flüstert:
«Bon Giorno. Schüttelreim.»
«Ah, John Porno, Mirko.»
sage ich.
«Wen, bitte?»,
krächzt Ronnie. Weil ich überhaupt nicht weiß, was ich sagen soll, wie ich anfangen soll, ohne dass es klingt, als wollte ich eine Kinderbande gründen, beginne ich nach einer ungeschickten Begrüßung einfach mit dem, was mir die ganze Zeit im Kopf herumtrudelt:
«Unser Umgang mit dem Feind wird kompromisslos und hart. Es ist nicht so, dass wir Grenzen überschreiten würden. Denn alle Grenzen liegen bereits unendlich weit hinter uns. Und sie, sie sind diejenigen, die die Grenzen überschritten haben.»
«Logobello. Uff jensten!»
Bedächtig beginne ich, vier Gin Borgward zu mischen. Roman legt den Artikel auf den Tisch.
«Und das hier ist unsere Version für Berlin. Lies mal vor!»
Ich lese vor:
«Ich suche dich! Du bist gestern mit deinem iMac am Nebentisch im Café gesessen und hast so angeregt von deinem Projekt erzählt. Leider habe ich mich nicht getraut, dich anzusprechen. Ich will dich unbedingt kennenlernen. Bitte melde dich. Kontaktstichwort: ‹i_came_for_u›.»
Wir lachen alle herzlich, dann ebbt das Lachen ab, wird bei Ronnie zu einem dreckigen Kichern, und wir fallen

alle ein. Wir falten die Blätter und schieben sie in die Umschläge, die wir an alle möglichen Stadtmagazine adressieren.

ROBERT. AIRBUS A319. Das Turbinenjaulen wie ein heiserer Staubsauger. Das Anschnallzeichenflackern wie eine schwächelnde Gameboybatterie. Nur der Schub, der mich zurückwirft, ist beruhigend kräftig. Und dieser Scheiß-Lennart kann meinetwegen festwurzeln vor dem American-Express-Schalter. So ein mieser Schinken! Heckenpenner! Wie liebevoll hat Luca von ihm gesprochen, er wisse so viel vom Meditativen. Sofort wollte ich ihr ziemlich viel und ziemlich cooles Zeug über mich erzählen, auch wenn alles nur halbwahr gewesen wäre. Aber mir fiel nichts ein. So etwas macht mich verrückt. Stattdessen folgte Lucas Knockout: Vier Wochen hat er gefastet, hat mit den Babas in ihren Höhlen gelebt, und nun sei sie unterwegs auf die Andamanen. Mir lag gerade noch ein müder Rettungsversuch auf den Lippen, aber:
«Und der Lennart ist grad von Istanbul auf dem Landweg nach Indien. Auf'nem Klapprad. Total –»
Das war nicht richtig sie, denke ich. Man muss die Menschen manchmal zu sich selbst bringen. Sonst verschenken sie sich. Vor allem Luca. Und das war sie einfach nicht, das war nicht die Luca, die ich kennengelernt hatte. Dieses unerträglich hübsche, wirre Mädchen. Ein Mädchen wie, ach, das kann man so auch nicht sagen, nein. Meine Güte, muss ich ständig denken, meine Güte, diese Luca, diese schrecklich phantastische Luca. Für alles ist sie zu phantastisch. Das kann man mir ernsthaft abnehmen. Denn ich mag sie nicht nur

für ihre Schönheit. Ich mag, ach was, bewundere sie auch für ihre schlechten Eigenschaften. Luca ist zum Beispiel immer nervös, ständig nervös, aber besonders nervös. Als hätte sie keine Zeit für richtige Sätze, versucht sie, alles, was sie sagen will, was ungeordnet aus ihr herausbricht, in ein einziges Wort zu packen, das dann zeilenlang wird. Sie spickt ihre Sätze mit «total», und es ist auch wirklich alles «total» für sie, alles ist vollends einnehmend und überwältigend. Ein frischer Strom Nervosität geht von ihr aus, aber es ist eine beruhigende Nervosität, die sagt: Es ist alles unterwegs, es prescht vorbei, pass auf, was gleich passiert. Ihre Hände, mit winzigen, von der Sonne vergoldeten Härchen darauf, liegen fast nie still. Nicht, dass sie dauernd kratzen oder schaben würden, nein, sie streicheln und streichen. Zum Beispiel fortwährend über ihre Beine. Es hat etwas Versöhnendes, wie sie so über ihre Beine streicht. Zauberhafte Hände auf zauberhaften Beinen in zauberhaften Bewegungen. Dieser knallbunte Zugvogel. Seit sie mit sechzehn von zu Hause ausgezogen ist, steht ihr Name in Krakelschrift alle paar Monate an einer anderen Klingel, weil sie es nirgendwo lange aushält. Allein seit ich sie kenne, hat sie in zwei verschiedenen Wohnungen gewohnt. Sie verliebt sich sofort mit ganzem Herzen in die Zimmer, die Farben des Viertels und die scheckige Nachbarskatze, und nach zwei Monaten ist alles vergessen, und sie muss sofort raus.
Das geht dann ungefähr so: In dieser Wohnung kann ich nicht singen, das klingt total wie im Karton, und der dicke Mann von oben, dieser Schweinemann, stampft dann immer auf und ab. Hier kann ich auch nicht arbeiten, wenn ich aus dem Fenster sehe, sind da nur dekadente Schweine in

ihren Schweinetransportporsches. Hier kann ich nicht atmen, schmeck doch mal, die Luft schmeckt nach Seuche, total nach Seuche. Hier kann ich keine Partys feiern, die Schweinenachbarn. Hier kann ich nicht wachsen, hier sind nur Rentner und Familien mit Kindern, die auch schon aussehen wie kleinwüchsige Rentner.

Wenn man sagen würde, Luca sei verrückt, dann würde ich sagen:

«Ja, klar, aber total wunderbar schweineverrückt.»

Und erst ihre Augen, diese kleinen, graugrünen Steinchen, die ständig die Umgebung absuchen. Und dann bricht etwas durch diese meditative Nervosität, und Luca blickt herüber und sagt etwas. Wie sie dasaß auf der Wiese am Fluss, auf der wir alle die letzten Sommertage immer saßen. Nur saß niemand so wie Luca. So ungezwungen elegant. Ich kann nicht elegant auf dem Boden sitzen, kein bisschen. Da fällt sofort mein Rücken ein und wird krumm, oder ich versuche verkrampft, mich aufrecht zu halten, wie meine Klavierlehrerin auf ihrem schwarzen Lackschemel, als ich sechs war. Damals fand ich das schon seltsam. Wenn die gekräuselte Anstrengung in ihrem Klavierlehrerinnengesicht hing, dachte ich immer: Sie will ein Gesicht machen wie die Schnörkel auf dem Flügeldeckel. Sie will ein Klavier sein. Falls sie das wirklich versuchte, lag sie gewaltig daneben.

SCHÜTTLER. BERLIN. Bis Mittag passiert nichts. Zweimal habe ich lustlos und zielorientiert begleitet von bedächtigem Tischlampenquietschen onaniert, drei Telefonate abgewimmelt. Als Schermin mit seiner debilen Freundlichkeit hereinkommt und fragt, ob ich mal ein Auge «auf das hier» wer-

fen könne, sagte ich ihm, dass er die bescheuerten Stiefel ausziehen soll, weil ich sonst gleich ein paar Kotzebröckchen draufspucken muss, außerdem hätte ich zu tun. Er ging wieder. Die Agenturmeldungen interessieren mich nicht. Dann ist Mittag, und der Kantinenbrokkoli schmeckt nach Schwefel. Es passiert nichts, es wird nichts passieren. Nachdem ich zehn Seiten im ZEIT-Magazin gelesen hatte und danach sofort nicht mehr wusste, was darin stand, las ich die ganze ZEIT. Jetzt weiß ich nicht mehr, was ich die letzte Stunde getan habe, ob ich überhaupt irgendetwas getan habe, und spreche zum Bücherregal.
«Es gibt keinen Grund.»
Sicher, ich war gestern lang unterwegs, aber ich habe keinen Kater. Wieso auch? Ich bin das gewöhnt und habe meinen Wasserhaushalt flaschenweise ausgeglichen, nach dem Schlafen hochdosierte Vitamine und Mineralstoffe eingenommen, zwischendrin meinem Organismus Kohlehydrate zugeführt. Biochemisch gesehen bin ich im Herstellungszustand.
Außen läuft Putzwasser die Fensterfront hinunter.
Am Abend rufe ich Roman an. Als er abnimmt, höre ich minutenlang nur das metallene Röhren des südamerikanischen Fußballkommentators im Hintergrund. Roman schaut immer die uninteressantesten Fußballspiele an. Aus dem Hörer erreichen mich die geheckselten Restschallwellen eines Torjubels, eines sinnlosen Jubels aus einem verlorenen Land. Roman sagt, er habe keine Lust.
«Lust, Roman? Darum geht es uns doch schon lang nicht mehr. Es herrscht Krieg!»
Das sieht Roman ein.

ROBERT. SOUTH ANDAMAN. Auf einmal fühlt es sich gut an, nach fettem Leben. Vibrierend schwenkt das Schiff aus dem Hafen. Die Andamanen seien gar nicht richtig Indien, hat jemand auf einer WG-Party zu mir gesagt. Ich habe nicht antworten können und kann es noch immer nicht. Vielleicht sind sie einfach zu schön für Indien, denke ich, eine Inselgruppe im großen Nichts zwischen dem Subkontinent, Thailand und Myanmar. Die Andamanen, das weiß ich schon, glühen hellblau und sind, das habe ich gelesen, weitestgehend von der Zivilisation verschont geblieben. Isolierte, indigene Völker leben auf den einstigen Gefängnisinseln der britischen Kolonialherren, sie sind erst seit kurzem für Touristen zugänglich, ohne Internet, dafür mit Badeelefanten. Hoffentlich wohnt dort niemand in Plastiktüten. Die Morgensonne schmeichelt uns, und die Wellen rollen nur kniehoch dahin. Da macht es auch nichts, dass die Agni nicht gerade hochseetauglich wirkt. Mehr Rostschattierungen als Lack. Jedem deutschen Hobbyhandwerker würde es in den Fingern zucken bei dem, was es hier zu schweißen und zu löten gäbe. Die Aufregung wandert durch meinen Bauch, während ich an der Reling stehe und mich einfach glücklich fühle, so glücklich, dass ich kurz davor bin, irgendwelche Titanic-Posen zu machen, aber eben nur kurz davor. Der Fahrtwind wird stärker und greift mir ins Haar.

«Ja, ja, die Agni.»

Ich vermute:

«Ein Frauenname? Bei uns heißen Schiffe wie Frauen.»

«Das ist Sanskrit für Feuer. Feuer, wie auch unsere stolze Rakete heißt. Ja, junger Freund, ein Typ atomarer Mittelstreckenmarschflugkörper. Mit Wumms. Das ist meine Arbeit. Sie überwachen und weiterverbessern. Ratschi!»

Lakshmis Englisch ist sauber und klar. Bis auf «Ratschi», ein Wort, das ich nicht verstehe. Er trägt ein sonderbares Hütchen und scheint in die Ferien zu fahren. Ich mag ihn. Er sagt:

«Agni eins bis drei.»

Er leckt über den Rand eines Joints, dreht ihn fest und steckt ihn sich im Mundwinkel an. Er sagt:

«Die stärksten Raketen Asiens.»

Lakshmi grinst so breit, dass ihm fast der Joint runterfällt, und schwärmt mir dann vom Tag der Republik vor: Die große, allerfeierlichste Parade in Delhi, die euphorischen Zuschauer, die den Agnis, großen Publikumslieblingen, zujubeln, während er hinter ihnen im Konstrukteurswagen fährt. Alle winken und salutieren, und die Agnis rollen und rollen, zum Gate of India, zum roten Fort, wo der Präsident und die Staatsspitze sie in Paradeuniform empfängt, während zwanzig Kampfjets in Pfeilformation darüber hinwegzischen.

«Ratschi! Die stärksten Raketen Asiens – camouflagefarben am Rumpf, rot an der Spitze. Wie der Joint!»

Lakshmi reicht ihn mir und kratzt sich kichernd den Schnauzer. Ich ziehe den Rauch ein, bis es metallen in den Lungen beißt.

Luca. Es war eine dieser toll-sinnlosen Sommerpartys, die sich in den Wochen nach dem Abi aneinandergereiht hatten. Wir saßen alle im Garten der Eltern von Gothic-Kevin mit viel mitgebrachtem Rotwein und aus der Hausbar geplündertem Cognac. Eine warme Sommerbetrunkenheit ist etwas Grundgutes. Ganz kurz nur wurde es richtig dunkel. Die Asche lag längst kalt im Grill. Aus leichten Unterhaltungen waren tiefe Gespräche oder Monologe geworden. Die Hoffnung: einen dieser Momente erwischen, in denen alles richtig ist. Man beobachtet sich selber, wie man darauf harrt, einen solchen Moment abzukriegen. Wenn man aufgeregt ist und der Tag heiß genug war, erlebt man ihn vielleicht, lebendig und aufwühlend und, ich weiß nicht, einzigartig. Dabei geht es nicht unbedingt ums Verlieben. Es kann alles sein. Ein Moment für Songtexte, zu kitschig für Lyrik, vielleicht noch richtig für ein postpostironisches Bild. Das müsste man sehen. Und dann hetzt man diesem Moment die nächsten dreißig Partys lang hinterher. Oder für immer. Luca. In Dauerschleifen durchzog es mich später, wie ein Einspielclip, wie ein Trailer, wie jetzt. Den ganzen Juli habe ich es so oft auf und ab geträumt, dass ich kaum weiß, ob es tatsächlich genauso war. Trotzdem steht ein klar leuchtendes Bild vor mir, das sich nicht abnutzt. Und so will ich es auch in Erinnerung behalten.

Mein erster Blick auf sie löste kalkulierendes Interesse aus. Sie war in allen Kontexten zu schön für mich. Was konnte ich tun? Der zweite Blick zermalmte die Kalkulation, ich musste hinsehen und hinsehen, und ich bewegte mich wie ein Trabant, nur noch in Beziehung zu ihr. Ich versuchte, auch mal woanders zu sein, dann aber mit Leuten zu spaßen, die ich als in ihren Augen mitrumhängenswürdig ansah. All das Zeug.

Bläuliches Dämmerlicht hinter den Jalousien. Ich war gerade einem Monolog entflohen und saß mitten in diesem Zimmer. Die Glasvitrinen, Schrankwände und gerahmten

Poster wirkten allesamt so glatt, dass der Blick wegrutschte. Gezwitscher und erstes Motorstarten war zu hören, und ich wartete, dass sie mich vielleicht jetzt ansprach. Ich konnte es nicht. Nicht nur diesmal, aber besonders diesmal.
Dann landete sie, setzte sich mit einer angerosteten Sonnenbrille im Haar einfach vor mich hin. Federleicht. Ein seltener Vogel. Die efeugrün bestrumpfhosten Beine untereinandergeschlagen, die blassen Hände als Nest im Schoß ihres dünnen Baumwollkleides. Ein Grinsen wie ein Schauer. Wir sprachen dann, ich weiß nicht mehr, was, vor einem schreddernden Klangfeld im Hintergrund. Bis dann:
«Robert, weißt du, ich kenn dich ja nicht, aber ich bin mir irgendwie total sicher, also, nicht ganz total, aber schon fast. Doch, ich bin mir sicher: Das hier ist nicht deins.»
Ich fraß ihr aus der Hand. Wie sie sprach in ihrem sprudelnden Hochdeutsch und die Vitalität Satz für Satz aus ihr herausquoll. Keine Sekunde hätte man erraten können, dass sie Schweizerin ist. Wenn Luca einen Halbsatz besonders impulsiv sprach, flatterte der dünne Ring im Nasenflügel, wie eine Schiffsfahne im Fahrtwind bei viel zu vielen Knoten. Wenn sie die Augen zu Boden schlug, erweckte es leicht den Eindruck, als ob sie beschämt und schüchtern sei, aber das war sie gar nicht. Denn sie stockte nur kurz, legte dann ein kleines, völlig belangloses, aber urehrliches Geständnis ab, das mich endlos entwaffnete. Ich wollte ihr mein ganzes Inneres vor die Füße kippen, wie wenn ein kleines Kind seiner Mutter all seine Legosteine schenken möchte und es die unsinnigste und zugleich größte Geste überhaupt ist. Ich fühlte mich, als ob ich ihr dann alles erzählen müsste, was ich auch wollte, aber ich sollte Fassung bewahren, um ir-

gendwie souverän rüberzukommen. Es war völlig zwecklos. Zigarette um Zigarette umsonst. Meine Versuche, den Handschweiß unauffällig abzuwischen. Die Brille richten. Jede Geste ging wohl schief, völlig. Wie sollte ich das auch mit Fassung bekunden: Ja, verdammt, das war nicht meins. Es brodelte in mir, alles durcheinander: dieses mürbe Leben. Nicht halb und nicht richtig. Aus den Fensterläden starren die mehligen Gesichter und drohen. Sie reden so klug und stolpern selber durch ihr verkorkstes Restleben in Dreckbraun, und dann geht ihnen die Waschmaschine kaputt. Wenn sie reich sind, spritzt sich vielleicht der Sohn tot, oder sie sind wie meine verhetzte Mutter, die mehr Werbefachfrau als Mensch ist. Werbung machen ist wie die Bildzeitung machen, das Allerwiderlichste, aber sie hat den absoluten Durchblick gepachtet, häng nicht so rum, Robert, du bist ein cleverer Bursche, mach was aus deiner Zukunft, man muss sich positionieren, und all die netten, glatten Halbprolls in ihren dualen Studiengängen, in ihren Early-Bird-Kursen, in ihren sinnvollen Ausbildungen, in den sozialen Netzwerken und den langweiligen Bars, gelähmte Schimpansen auf dem Valiumgel ihrer eigenen Hirnflüssigkeit, kaum fließfähig vor Phlegma, die alles fressen, was man ihnen vorwirft, die nie mehr wollten als einen mittelgroßen BMW und filmtauglichen Sex mit einer, die aussieht wie die Frauen aus den Sat.1-Produktionen. Und das Hetzen nach minderwertigem Spaß, und das Allergrößte wäre wohl für alle, ein Star zu sein, das wäre es wirklich, alle wollen sie Star sein, nur kann niemand auch nur irgendetwas, will auch nur irgendwas können, aber alle wollen berühmt werden für ihre blanke Existenz, und sie hecheln und sabbern wie Kampfhunde auf Anabolika, wie die Töle von Paris Hilton, bis ihnen die Augen aus den Höhlen treten ... Aber auch ich, der ich zu Hause in einer Pfütze aus Apathie sitze und veraltete Musik höre und eine miese Fresse ziehe und dauernd trocken huste und dabei auch nichts habe, was ich dagegenhalten könnte.

Dann hob sie wieder die Augen. Es brodelte in meinem Kopf, aber ich hatte noch immer nicht geantwortet und blickte mit verschwommenem Blick in die Richtung von Lucas Augen. Sie würde verstehen, ich würde erzählen, im Versuch, interessant zu sein, aber auf eine Art ehrlich, alles erklären, der Reihe nach.

«Ja, das ist nicht so richtig meins hier.»

Ein Grinsen wie tausend Schauer. Wenn sie sprach. Bronzegrün die Augen.

«Und suchst du das nicht auch? Irgendein Weitdadraußen, fern von den Schweinen, ein Weitdadraußen, das leuchtet, entwaffnend und entwurzelnd schön, in einer noch nie gesehenen Farbe, neoneon oder so, ein Funken, der vorbeizieht, verglühend vor Wahrhaftigkeit, vor Idee, nicht einfach zum Festklammern, sondern so, dass man darauf reiten kann oder zumindest treiben, ach, weißt du, was ich meine?»,

hatte Luca gesagt, halb zu sich, halb zu mir, wie ein Mantra. Vielleicht sind zwei, drei Worte etwas schöngeflunkert, aber im Grunde ist alles wahr. Soweit man das überhaupt sagen kann, denn oft glaube ich mir selbst nicht so recht.

SCHÜTTLER. BERLIN. Sie haben eine neue Nachricht. Gestern, 21 Uhr 30.
«Ich denke, das ist deine Nummer. Du wunderst dich sicher.»
Eine flatternde Stimme, wie zitterndes Glas. Ich drücke sie weg.
Wer soll das gewesen sein? Meine Mutter klingt älter, und die erkenne ich schon noch. Die meisten Frauen, mit denen ich schlafe, bekommen keine Nummer oder die des Gebrauchtwagenhändlers, der mir ständig pseudolaminierte Visitenkärtchen an die Frontscheibe steckt. Die Kolleginnen aus der Redaktion sprechen nicht so, auch die Nacktmalerin klingt anders. Carla sowieso. Ich weiß nicht, wen die Frau erreichen wollte. Sie muss jemand anderen gemeint haben.
Ich bin das nicht. Ich bin das nicht.

ROBERT. HAVELOCK ISLAND. Vielleicht hat sie auch einfach nur gesagt:
«Und suchst du das nicht auch?»
«Was dann?»
«Ich weiß nicht, irgendein Weitdadraußen?»
«Ja»,
war meine Antwort, und so fing das an. Meine Hände schwammen in Handschweiß, und jedes Tasten war ein Tauchen durch warme Ströme. Ein paar Wochen lang haben wir uns gesehen, dann nicht mehr. Aber nichts ist mir so gegenwärtig, so voll und vollstens da wie dieser erste Abend. Ich glaube nicht, dass er je wieder weggehen wird.
Es gibt auch andere Erinnerungen:

eine fast leere Wohnung. Ein ausgesteckter Fernseher steht als Staubklotz in diesem Raum voller Kartonocker vor alpinaweißen Wänden. Der Hall sagt: leerer Altbau. Die Kartons sagen: Gameboyspiel, Robert. Es ist die ideale Grundlage eines Umzugskisten-Tetris. Und Luca. Luca zertritt die letzte leere Kiste.

«Wir sind in Tetris gefangen, Luca.»

«Welche Schwierigkeitsstufe?»

«Die letzte. Die letzte, dreifach übertaktet und vorgespult und dann wieder herunterverlangsamt. Eigentlich sollte die Geschwindigkeit jetzt wieder normal sein, aber man spürt, dass da etwas nicht passt, dass man nie mehr auf die normale Geschwindigkeit kommt, weil man den Nullpunkt aus den Augen verloren hat. Und dann kann man in Level vordringen, die von den Programmierern gar nicht fertigprogrammiert sind, wo man gar nicht hindarf, die es fast nicht gibt.»

«Klingt schön. Stimmt aber nicht. Weißt du, was stimmt? Ich war ohnehin jahrelang in Tetris gefangen, wusstest du das? Ich bin eine Zockerbraut.»

«Ach, Quatsch.»

«Doch, doch. Ich war auch jahrelang in Counterstrike gefangen. Als die Jungs in meiner Klasse gegen mich verloren, hatten sie mehr Probleme mit ihrer Männlichkeit als in jener Sportstunde, in der Tittenjenny Torben die Hose runterzog, während er am Reck hing. Okay, gut, genau so viel. Aber wenn ich dir erst mal sieben Headshots hintereinander verpasst habe, dann weißt du, was du an mir nicht magst. Damit kommt keiner klar.»

«Zeig her.»

Wir spielen.

Wir sitzen vor den zu Tischen improvisierten Kartons, darauf die Computer. Der Boden ist übersät mit Kleidungsstücken, Zeitschriften und angelaufenem Silberbesteck. Wir haben alles herumgeworfen, was uns auf dem Weg zu den Rechnern in die Finger kam. Meine Stirn schmückt ein Muster aus Schweißpunkten, eine Bioliveperformance.

Sieben zu null, nur drei Headshots, ich spüre leichte Bauchschmerzen und meine taube Zunge und die Demütigung.

«Robert, lass uns aufhören.»

«Ja.»

«Ich geb's zu: Ich hab nie gespielt, weil ich das Spiel besonders mochte, sondern nur, weil ich es schweineschwer fand, unfassbar schweineschwer, mit Jungs zu flirten. Das war der einfachste Weg. Beim Zocken konnte man gut quatschen, übers Zocken auch. Nur war das Ego der Jungs dann immer gebrochen, wenn sie verloren haben, dass sie sich nichts mehr getraut haben. Ich hab so gern Jungs abgezogen. Bis ich irgendwann gemerkt habe, dass ich sie auch mal gewinnen lassen muss, gegen Ende zumindest.»

Wir spielen trotzdem weiter. Map um Map. Luca lässt mich gegen Ende nah an den Sieg rankommen, dann campt sie mich, und ich verliere.

«Mein Helikopter steht zwei Häuser weiter», sage ich.

«Wie gut ich das fände.»

«Ich auch. Kommst du mit?»

«Neinneinein, so geht das nicht.»

«Warum nicht?»

«Weil ich nicht Helikopter fliege. Auch wüste Mädchen haben Prinzipien. Sieh mal, Kerosin ist doch übel. Ich teleportiere nur.»

«Also kommst du mit?»

«Ja, nein, nee. Robert, es ist leider so, wirklich jetzt: Ich fliege morgen, also ganz tatsächlich, nach Strawberry Fields.»

«Wohin?»

«Strawberry Fields. Wie das Beatles-Lied, nur ohne forever.»

Das sehe ich alles deutlich vor mir, kann es gut und bildstark im Hirn projiziert auf- und abspulen, aber die Brillanz schwindet, wie auf einer Filmrolle, deren Farben aus einer Universen entfernten Dimension stammen. Würde man sagen, ich sei ein erbärmlich erstverliebter Bengel, ich könnte nichts erwidern. Luca wird dort sein. Und als ich aufblicke, kann ich schon Havelock Island sehen.

II. TEIL

SCHÜTTLER. BERLIN. «Ich denke, das ist deine Nummer. Du wunderst dich sicher.»
Eine flatternde Stimme, wie zitterndes Glas. Ich hätte es wegdrücken sollen.
«Ich musste dich anrufen.»
Dann ein Kinderschrei aus einem anderen Raum. Ich winke die Putzfrau rein, sie hat gerade den Feger in der Hand und gleich was zu tun, weil ich meine Wasserflasche an die Wand geschlagen habe.

ROBERT. HAVELOCK ISLAND. Als meine Zehen zum ersten Mal in den Sand gleiten, fühlt es sich unwirklich geschmeidig an. In diesem wunderlichen Sand.

SCHÜTTLER. BERLIN. «Es interessiert mich nicht, es interessiert mich einfach nicht. Was soll das? Ich will es nicht hören.»

ROBERT. HAVELOCK ISLAND. Als meine Zehen das erste Mal in den Sand gleiten, fühlt es sich unwirklich geschmeidig an. In diesem wunderlichen Sand, feine Körner irgendwo zwischen Marmor und Champagner. Ich könnte ihn trinken oder essen, würde ihn mir sogar spritzen. Dass ich hier malen kann, bezweifle ich jedoch, denn sobald ich meinen Blick vom Sand hebe und über die Landschaft gleiten lasse, wird mir klar: Hier wird jeder Maler zum Grundschultuscher degradiert. Hier war ein Größerer am Werk. Diese Farben muss man erst einmal anmischen und dann auch den Mut besitzen, sie so zu kombinieren. Eine der Glanztaten, für die ich Gott bewundere, ist, wie ihm solche Farben und Bilder gelingen, die man nicht reproduzieren kann, ohne kitschig zu werden. Das Original ist ergreifend, jede Kopie amateurhaft und beschämend unmöglich. Auch das Wechselspiel: die schwarzen Augen des knochigen Rikschabengels und der krustige Haschischbatzen in seiner Hand. Wässriges Schimmern und ein Fächer Wimpern darüber, er knüllt den Brocken in ein Karoblatt, auf dem er vermutlich einmal seine Hausaufgaben gemacht hat, ein Dutzend hingekrakelter Gleichungen, Mathe in der 9. Klasse. Ungefähr. Affenkreischen. Böen rütteln in Palmenwipfel, Kokosnüsse fallen. Eine Katze spielt grobtatzig mit Orchideenfetzen, ohne aufzublicken oder zu zucken, als wir vorbeifahren.

SCHÜTTLER. BERLIN. «Es interessiert mich nicht, es interessiert mich einfach nicht. Was soll das? Wer will das hören? Niemand. Schreiben Sie das in Ihr Tagebuch, aber nicht in unsere Zeitung. Weiter! Lisa?»
«Lisa, bitte!»
«Ja, Moment.»
Wieland, die fitte Bestie. Wir haben Redaktionskonferenz am langen, fünfeckigen Tisch, es ist Mittwoch, und es ist eigentlich alles egal. Wieland spielt sich selber mit erstaunlicher Sicherheit. Was ein Vieh. Man könnte denken, er müsste so sein. Man könnte denken, die Hierarchie in Zei-

tungen entspräche auch verschiedenen Stufen der Ekelhaftigkeit, Borniertheit und Klischeetreue, nach oben hin immer schlimmer. Aber unser Vorstandsvorsitzender, der Rainger, also Wielands Chef, ist ein Lamm von Mensch. Er gleitet durch die Gänge mit einem in Milde erstarrten Mund und Augen voller liebevollem Hellblau. Er schreit nicht, trinkt nicht, flucht nicht und schämt sich auch kein bisschen dafür, dass er auf der Toilette wie eigentlich überall Hundemagazine liest, mit größter Vorliebe Schäferhundmagazine. Wir haben Redaktionskonferenz, und alles riecht nach Kaffee.

«Lisa?»

«Also, die Ministerstory, das Gleiche wie gestern. Heute in seinem Garten in Dahlem. Soll protzig sein – Wasserspielchen, Statuen und so. Vielleicht finden wir eine kranke Leidenschaft für schwarze Gartenzwerge oder so.»

Wieland schnalzt und übernimmt wieder:

«Gut, gut, nehmen Sie einen Fotografen mit, große Posen! Weiter! Dörsam?»

«Nichts.»

«Nichts?»

«Nichts.»

«Das bin ich nicht gewöhnt von Ihnen, Dörsam. Nächstes Mal. Haben Sie wenigstens die siamesischen Vierlinge?»

«Herr Wieland, es tut mir leid. Die haben wir auch nicht. Es ist, weil –»

«Wir haben die siamesischen Vierlinge nicht? Wie kann, wie in aller Welt kann so etwas passieren?»

«Unser Fotograf, er hatte eine Motorradpanne.»

«Motorradpanne? Ist der mit ’ner verdammten Ducati hingefahren oder was? Was ist das denn schon wieder für ein Spiegelwichser? Motorradpanne. Kein Wunder, dass er jede zweite Geschichte versaut. Sogar die Integrationsoma. Ich krieg zu viel mit solchen Leuten. Weiter! Nun zu Ihnen, Freund Schermin?»

Meine Gefühlsparameter schwanken während der Redaktionskonferenz lediglich auf der Skala zwischen freudiger Abscheu, widerlicher Abscheu und einer Art Mitleid. Es fällt mir schwer zu entscheiden, was ich für Stiefel-Schermin empfinden soll. Wie er zittert vor Aufregung, seine Bürostuhllehne vor- und zurückschnellen lässt, weil er gleich sein Thema vortragen wird, und ich weiß natürlich, wie er Wieland dann gleich anblicken wird, nämlich wie immer mit der übersteuerten Erwartung einer Pornodarstellerin vor dem Cumshot. Stiefel-Schermin bringt nur ganz selten etwas anderes als Mist, das weiß er, und alle wissen das. Weil Stiefel-Schermin heute wieder unerträglich aussieht, entscheide ich mich für das, was sich wie Mitleid anfühlt.

Stiefel-Schermin hat sich seinen Namen redlich verdient. Seit einer Woche trägt er Cowboystiefel. An sich ist das nur stillos, aber nicht weiter erwähnenswert. Schermin, dieser bleichbackige Wicht, übernimmt die Geschichten, die keiner will, übernimmt sie ohne jede Gegenwehr, während er die schwefelgelben Augen demütig senkt. Jede seiner Bewegungen badet in Unsicherheit, man sagt, seine Frau sei erfunden und er lasse sich von einer männlichen Domina mittelgroße Küchengeräte einführen. Aber man sagt viel hier. Schermin wirkt, als ließe er das Leben am großen Kickertisch immer absichtlich gewinnen, damit es ja nett zu ihm sei. Ist es aber nicht, nie. Deshalb hat er sich die Cowboystiefel gekauft, das wohl unpassendste Kleidungsstück für ihn überhaupt. Damit schleicht er nun wie ein kleiner Gangstergehilfe aus einem schmierigen Western um seinen Tisch im Großraumbüro, jederzeit darauf gefasst, dass man ihn erschießen könnte. An gestern Abend erinnere ich mich kaum, aber dafür bin ich so knallwach, dass es im Nacken kribbelt, und ausgesprochen fies gelaunt. Perfekte Journalistenstimmung.

Beim Rausgehen winkt mich Wieland mit einer kleinen Drehung in sein Büro. Er hat dort ein Aquarium und verfüttert an seine blöden Fische ein halbes Monatsgehalt. Nun legt er seine Lieblingsmiene auf. Falsche Besorgtheit und waschechte Verhetztheit.

«Schüttler, was soll ich sagen? Die Nacktmalerin war ja wirklich ein feines Stück. Würd ich mir an die Wand hängen.»

An die Wand hängen, an die Wand hängen. Da klingt sie noch durch, Wielands abgebrochene Künstlerlaufbahn. In der Redaktion ist sie mehr so ein Gerücht, zu dem immer wieder ein, zwei neue Details hinzugefügt werden, und am Ende hat keiner mehr eine Ahnung, was überhaupt stimmt. Es kursieren verschiedene Geschichten: dass Wieland früher Straßenzeichner gewesen sei, dass er eine Ballettschule besucht habe, dass er aufstrebender Konzertpianist gewesen sei. Irgendeine kreative Richtung soll er eingeschlagen und dann abgebrochen haben. Aber bei ihm nachzufragen trauen wir uns nicht. Der Wutausbruch über so eine Distanzlosigkeit wäre vorprogrammiert.

«Danke.»

«Auch textlich. Aber sonst. Ich habe mir noch mal einen Blick auf die letzten Tage gegönnt. Gestern kam nichts Anständiges rein. Nur viel krudes Zeug, so Nischengeschichtchen, ein paar kleine Fetische, aber keine großen Storys, kein Glamourama, nur mal ein kleines Glitzern hier und da. Konnte man fast nichts davon reinnehmen.»

«Nun, Herr Wieland, die Marbellastory ...»

«Ach, Wieland, blabla, Wieland. Lassen Sie das! Marbella war eine Sache. Eine. Wir beide wissen, wie es aussieht. Keinen Scheiß mehr, ich will dauerhaft fette, runde Geschichten. Zacki-di-zack. Schönen Tag, Schüttler!»

Schönen Tag, Schüttler. Schönen Tag, Schüttler. Wieland ist ein Heißluftballon von Mensch, unnütz und gefährlich, aufgeblasen und immer kurz vor dem Abbrennen. Er schwebt über allem, und wir müssen huldigend zu ihm hochschauen: Seht nur, seht, ein Heißluftballon! Wenn er nicht dauererhitzt ist, stürzt er ab.

Auf meinem Schreibtisch steht ein Longdrinkglas mit einem mittelstarken Gin Borgward. Ich beschließe erfolgreich, mich von keinem Heißluftballon mehr beeindrucken zu lassen, zumindest nicht jeden Tag. Das ist dann doch wohl eher etwas für Schermin. Es läuft doch alles. Ich muss nur mal kurz resümieren, weil es für mich wirklich gerade bestens läuft. Nicht mehr Klatschratte, sondern Kunstwolf, well. Kunst, das ist die ganz große Nummer, die zieht auch bei den wunderfeinen A-Frauen, noch vor dem Pseudoschüchternen aus der Boyband, vor dem pseudosensiblen Bestsellerautor oder dem Guru. Gut, vielleicht nicht bei den ganz wunderfeinen A-Frauen, nicht bei den A-plus-Frauen. Die wollen niemanden zum Bewundern, nur zum Fressen, weil ihre eigene Gestalt und die Aufrechterhaltung ihres A-plus-Status so viel von ihrer Energie und Aufmerksamkeit kostet, dass nichts für andere übrigbleibt. Aber A-Frauen mit Gesichtern wie Versprechen und Körpern zu perfekt für Aktzeichnungen und herrlichem Charakter, das ist ja auch ergiebig. Ihre Rezeptur ist ausgebufft abgeschmeckt: Ihre Dummheit und sonstige Sumpfigkeit lösen bei mir zwar durchdringendes Unbehagen und Fluchtreflexe aus, die Inkubationszeit dafür ist aber lang genug, um mich ausschweifend in ihrem Glitzer zu baden, mich kurz abzutrocknen und mir dann gemütsstabil und elegant die Schuhe zu binden. Und weg. Das mache ich eine Nacht oder einen Monat lang mit so einer mit, so oft, wie ich die Mühe aufbringe und Lust habe. Und ich habe oft Lust. Abwesenheit von Schmerz, Anwesenheit der Befriedigung.

Wenn man das alles jetzt deutlich ausspräche, kläng es gleich wieder nach «Frauen benutzen». Das ist aber nicht korrekt: Ich kalkuliere einfach etwas schärfer als die anderen in ihren süß verblendeten Beziehungsutopien. Wiegen wir doch mal ab: Mein alter Freund Florian ist von Natur her flachsblond, schafslieb, baumstumpfdumm. Florian, der zu idealverklebt und eierlos war, sich rechtzeitig von Marie zu trennen, der Definition des Lila-Bettwäsche-und-goldenes-Schreibtischstühlchen-Mädels. Er wusste im Grunde, wollte aber nicht wahrhaben, dass er weniger an Marie als an grundsätzlicher Vertrautheit, regelmäßigem Sex und der Abwesenheit des Aufreißdrucks beim Ausgehen hing. Marie aber verliebte sich mehr und mehr in ihn. Bis irgendwann plötzlich die Liebe weg war. Ein gutes Ende gab es nicht. Schwer wiegt gegen mich, dass ich das eine oder andere Mal Maries lila Bettwäsche getestet habe, vor Florian versteht sich. Nichts gegen Lila-Bettwäsche-und-goldenes-Schreibtischstühlchen-Mädels. Zurück zum Eigentlichen. Es schlug ein bei Marie, ich offenbarte ein paar Schwächen, baute Vertrauen auf, ein Mindestvertrauen, damit sie sich etwas gehen lassen konnte, ich nahm und gab ein bisschen mehr als Sex, aber nie viel mehr. Ich brach alles ab in dem Moment, als ich den Ansatz der Was-isn-dis-zwischen-uns-Gespräche witterte, und den Rattenschwanz an Problemen, den so was nach sich zog.

Es läuft doch mit den Frauen, zur Not auch unter A. Läuft alles, wie ich es will: auf hohem Niveau, mit Eleganz, Raffinesse, und am Abend singen die Engel dazu. Das Marbella-shooting war ein großer Auftrag, ganz nach meinem Geschmack. Meine Unterarme sind immer noch bronzegetönt. Ich wüsste ja schon gern, wieso die Haut an all den guten Orten auf der Welt nicht einfach nur braun wird, sondern gleich einen Edelmetalltouch bekommt, einen Bronzeschimmer und darauf Armhärchen wie aus Weißgold. Die Edelmetallkörper, die in Antibes oder St. Tropez entstehen, in Marbella, Punta del Este, meinetwegen auch Sylt oder in den Bergen, Cortina, Kitzbühel, Aspen, St. Moritz. Wieso sollte es auch nicht laufen? Das ist meine Zukunft. Mich, seine Edelfeder, zumindest Metallfeder, kann Wieland gar nicht rausschmeißen oder strafversetzen. Wieland muss zwar immer Druck aufbauen, damit er die Wut vom Vorstand und seine eigene kleine Wut ablassen kann. Sonst platzt er eines Tages einfach, und die Reste seines schmalzigen Gesichts laufen, durchtränkt von selbstverliebtem Egosud und seinem krätzigen Aftershave, die Bürowände herunter. So wird es wahrscheinlich auch geschehen, weil er selbst, an und für sich, einfach zu viel ist.

Wieland wird eher platzen, als mich rauszuwerfen, spätestens dann, wenn mich das Thema vom Schleymayr wieder auf den ganz hohen Kurs geschossen hat. Nah an die eigene Kolumne ran. Gut, jetzt phantasiere ich etwas, aber es läuft doch.

ROBERT. HAVELOCK ISLAND. Hinter einer Palmenwand, die von einzelnen Mammutbäumen durchsetzt ist, höre ich ein Rascheln. Kein üblicher Dschungellärm, es klingt eher, als bahne sich eine beschleunigende Lokomotive ihren Weg durchs Unterholz. Immer ruppiger. Ich drücke meine Zigarette am Baum aus, richte die Brille und bin bereit auf jedwedes Tier. Tiger, Bulldoggen, Dinosaurier. Wer weiß, was hier herumkriecht? Dann schiebt sich aus den Palmenwedeln ein dreckiger, pummliger Junge hervor und grinst gewaltig. Er ist auf eine nette Art behindert, vielleicht mongoloid, denke ich, als er mich umarmt und sich als Beppo vorstellt. Oder er ist einfach nur höllisch auf Drogen. Seine Augen flackern. Roter Glitzer auf seinen Wangenknochen. Irgendwo hier muss es sein. Beppo greift in die stehende Mittagshitze und rennt mit ausgestreckten Armen über einen Hügel in den Urwald. Als ich mich umblicke, bin ich genau da, wo ich sein will. Brille zurechtrücken, Hemd und Haare richten, nein, die eher verwüsten. Okay.

SCHÜTTLER. BERLIN. Sie haben eine neue Nachricht. Gestern, 21 Uhr 30.
«Ich denke, das ist deine Nummer. Du wunderst dich sicher.»
Stimmflattern. Zitterndes Glas in der Stimme. Mikrosko-

pisch dünn. Wegdrücken. Wer sollte das auch sein? Meine Mutter ist älter, die meisten Frauen, mit denen ich schlafe, bekommen alle keine Nummer oder die des Gebrauchtwagenhändlers, der mir ständig pseudolaminierte Visitenkärtchen an meine Frontscheibe steckt. Die Kolleginnen aus der Redaktion sprechen nicht so, sogar die Nacktmalerin klingt anders. Carla auch. Jemand anderes muss gemeint sein. Ich bin das nicht. Ich bin das nicht.

ROBERT. STRAWBERRY FIELDS. Windschiefe Palmenreihen neigen sich über verstreute Hütten, vielleicht zwanzig Stück, schätze ich. Weiche Felsformationen umschließen die türkise Bucht, in deren Mitte, nicht weit vom Ufer, eine Plattform schwimmt. Darauf wiegen sich in verlorenem Tanz Gestalten zu sanftem Trance, insofern man sagen kann, dass Trance sanft klingt. Keine Wellen auf dem Wasser. Es rührt mich an. Hier könnte ich ewig bleiben.
Ein erstaunlich sorgfältig gekleidetes Mädchen, Faltenrock und Bluse, zieht mich zu einer Hütte, aus deren Dach ein knochiger Banyanbaum ragt. Der Baum ist Teil der Hütte, in sie eingebaut, seine Äste sind bekritzelt, zottige Kleider hängen daran.
«Die ist für dich. Das ist deine Hängematte. Der Rest gehört mir, aber auch dir und nicht dir, wie alles hier eigentlich. Alles ist eine Leihgabe, findest du nicht auch?»
Sie nickt schräg, und ich finde jetzt auch ein wenig, dass alles auf der Welt eine Leihgabe ist. Wir trinken gemeinsam ein Gemisch aus einem Krug, Kokosmilch und Whiskey schmecke ich heraus. Deutschland und alle mürben Gefühle sind so fern. Fünf Meter weiter, am Strand, entdecke ich sie.

Luca. Sie schlummert in der Abendsonne im Sand, bedeckt von nichts als einem glatten Paisleytuch, ihre rostige Sonnenbrille liegt halb versandet neben ihr. Schweißseen bilden sich in meinen Handflächen. Sie ist hier, und ich bin hier, und ein Gefühl vom Ankommen packt mich. Eine karminrote Tunika kommt herbeigeweht, und darin steckt niemand anderes als der Typ vom Foto. Lennart. Auf dem Landweg. Klapprad. Ich dachte, er warte auf mich in Chennai. Wir hätten uns doch treffen sollen. Ich will mich aufregen, aber mir fällt ein, dass ich diese Verabredung ja auch vergessen beziehungsweise verdrängt habe. Ich will etwas dazwischenrufen, sie schnell ansprechen, aber Lennart hilft Luca, die ihn sieht, mich aber nicht, bereits auf. Ich drehe mich weg, als ich sehe, wie seine Hand dabei flink unter das Tuch gleitet.

SCHÜTTLER. BERLIN. Mittags kotzen, nachmittags nachlegen und alles steht zick, zack. Geil. Und ich hatte beim Aufstehen noch Angst vor dem Artikel. Aber jetzt ist alles überspült, von dieser reißenden Woge des Wunderbaren, der Süße, nein, Erhabenheit, murmele ich, der Erhabenheit dieses herrlichen Moments. Ja, so stimmt es. Die Wellenspitze dieses Gefühls von Erhabenheit habe ich jetzt erreicht, da ich auf dem warmen Marmor der Dachterrasse eines neuen Townhouses sitze und ziele. Ich blicke hinab: Grützebraun die Spree, daneben ein kleines Rinnsal Kreuzberger Szenemongos mit ihren weißen Wayfarer-Sonnenbrillen und Leinenbeutelchen von «do you read me», diesem Zeitschriftenladen in Mitte, womit sie signalisieren wollen: Hey, ich kaufe teure Kunstzeitschriften, finde mich bitte so cool wie die

Summe dieser auf dickes Hochglanzpapier gepressten Kunstness. Ich habe mir den mit der größten Szenebehinderung ausgesucht. Eigentlich darf ich den gar nicht attackieren, weil er mehr wie ein schlechter Witz über einen Hipster aussieht als wie ein richtiger Hipster, aber ich kann es nicht lassen und ziele mit der Roedererflasche direkt auf seinen Scheitel. Dass der Korken dann nicht trifft, ist mir egal, weil ich jetzt, wo die Flasche offen ist, einschenken kann. Neben der Stelle, wo der Korken aufprallte, steht ein einsamer Sportkinderwagen.

«Deal! So was von Deal, werter Herr Schöpfing. So – was – von!»

Ich ertränke einen Mariechenkäfer in einer kleinen Champagnerlache und stelle vergnügt fest: Champagner ist das einzig Wichtige. Wenn man nach der Wurzel meiner Existenz gräbt, findet man sauer gewordenen Champagner. Und Absinth. Meine Großeltern mütterlicherseits, die Schüttlers, waren nicht sonderlich reich, Opa Kioskbesitzer, Oma Aushilfe in einer Großschneiderei, und so hatte meine Mutter noch nie Champagner außerhalb ihrer Träume getrunken, bis dann Rolf, irgendwie kleinadlig und wohlbelockt, wahrscheinlich mit einer widerlichen Figur, sie zur großen Party im Gartenpavillon seiner Eltern einlud. Über ein paar Augenzwinker, den entwaffnenden Effekt eines perfekt gezogenen Kajals, einem Hauch von Lidschatten kamen sie zusammen: Rolf, der selbsternannte junge Gott, und meine Mutter. Sie hatte das Gefühl, die Einzige zu sein, die nicht nur sein Geld, seine jungfeiste Schönheit und seine freundlich-arrogante Eloquenz beeindruckte, sondern ihn in seinem ganzen Wesen bewunderte. Ob das wirklich so war, lassen wir mal dahingestellt. An dem Abend war sie irgendwie sicher, dass sie seine Freundin werden würde. Meine Mutter hatte extrem viel Hemingway gelesen, aber leider nicht die geringste Ahnung, wie ein Death in the Afternoon, Hemingways Cocktail aus Absinth und Champagner, schmecken könnte. Das ist der zweitbeste Cocktail der Welt. Auch Absinth hatte sie nur in ihren Träumen getrunken, sie ahnte nichts von seiner Wucht. So reichte Rolf ihr irgendwann einen dickwandigen Kristallkelch, den sie mit dem verliebtesten Blick annahm und zügig leerte. Wie auch den nächsten und übernächsten Kelch. Einen Moment lang fühlte sie sich entflammt wie noch nie und ergriff Rolfs Hand, um in genau dem Moment, in dem sich ihre Finger um seine geschlossen hatten, aufzuspringen, zu laufen und auf halbem Weg zum Bad in einen geöffneten Flügel zu kotzen. Pink vor Scham flüchtete sie aus dem Garten, und als sie auf der Bushaltestellenbank kauernd weinte, traf sie meinen Vater. Diese Geschichte ist das einzige Ehrliche, das meine Mutter besitzt. Der Rest ist Eitelkeit. Am Grund meiner Existenz fließen Champagner und Absinth.

In meinen Gedanken kreisen draußen Helikopter um das Haus, daran Kameras, die aufnehmen, wie ich hier über Berlin sitze und schlicht der Beste bin. Wir schreiten eben von der Dachterrasse in Klaus Schöpfings Wohnzimmer. Klaus Schöpfing, der Kunstsammler, der seinen Flur mit Bildern im Wert eines Inselstaates tapeziert hat und nicht etwa in Petersburger Quetschung, sondern manierlich ein Bild nach dem anderen mit einem weißen Streifen Wand dazwischen, Klaus Schöpfing, der gerne mal einen Künstler so teuer einkauft, dass sich dessen Wert über Nacht verdoppelt, Schöp-

fing, der mir, damit ich meine Arbeit tun kann, die Roedererflasche reicht und sagt:
«Schenken Sie sich ein, mein Guter. Ich skizziere schon mal ein paar Zeilen.»
Ich habe einen gottverdammten Deal gemacht, und es war so einfach, dass es wehtut. Wieland erwartet ja immer nur das eine von einem Interview: den Skandal, ein intimes Geheimnis, eine Drogenbeichte oder schlimmste Kollegenlästerei:
«Bohren müssen Sie, Schüttler, bohren, bohren, bohren, bis Sie auf den Kern kommen. Und selbst dann bohren Sie weiter und finden noch einen Kern, den Sie dann rausreißen können. Danach sagen Sie brav danke, und die Story ist da!»
Aber einen wie Schöpfing interviewen ist kein Witwendrücken. Er sagt, was er will, und behält für sich, was er will. Nur sitzt Kunstsammlern und Galeriebesitzern meist ein Splitter in ihrem Selbstwertgefühl, verursacht von einer Erkenntnis, die jeder von ihnen irgendwann hat: Sie selbst schaffen nur Unbedeutendes im Vergleich zu den Kunstwerken, mit denen sie sich Tag und Nacht beschäftigen, die an ihren Wänden, in ihren Kellern und Depots vor sich hin hängen. Der Galerist und der Sammler sind immer die Unwerteren, nichtsdestotrotz sind sie durch und durch eitel. Und eben da kriegt man den Fisch an den Haken. Mit gedämpfter Stimme, obwohl wir allein waren, fragte ich Klaus Schöpfing, ob wir uns das Gespräch nicht leichter machen wollen: Er verrät mir ein brisantes, aber verschmerzbares, geheimes Detail über irgendeinen Prominenten, und dafür kann er die übrigen Fragen und Antworten des Interviews

so schreiben, wie er will, oder meinetwegen schreiben lassen. Er kann das Porträt des Klaus Schöpfing so zeichnen, wie er es gern hätte, ein Selbstporträt. So steht er gut da vor der Welt und ich vorm Wieland. Deal.

ROBERT. HAVELOCK ISLAND. Ein hölzernes Schild an einer Riesenpalme: Strawberry Fields.

SCHÜTTLER. BERLIN. «Ob mir peinlich ist, was ich tue? Bitte!»

ROBERT. STRAWBERRY FIELDS. Lennart eskortiert mich zu Shrivatnis Hütte, einem seltsamen Rundbau.
«Du, also, dis hier. Dis is ne geodätische Kuppel nach Buckminster Fuller. Hey, visionäre Architektur, Robert. Das is so der maximale Nutzen, aber bei dem geringsten Energieverbrauch überhaupt. Dis Automobil des Jahrhunderts, der VW T1, wurde nach Fullers Dymaxion-Auto konstruiert.»
Beim Reingehen nicke ich ehrfürchtig. Hört sich gut an. Innen riecht es nach Schwarztee und verkohlten Rosenblüten, und es ist unerwartet kühl. Man kann die Klimaanlage weder hören noch sehen, aber es muss hier eine geben, eine ziemlich gute. In das Haus zu treten ist, wie von einer Seifenblase verschluckt zu werden: Schlingernde Sitarklänge schwappen mir entgegen, und im Schein kugeliger Lampen flimmern die Wände sonderbar, sie sind bedeckt von Mosaiken aus Goldspiegelchen, Kachelsplittern, Glassteinchen und dazwischen das eine oder andere salzluftgebleichte Foto. Lennart ist weg. Alle Fenster sind zugehängt. Shrivatni, der wie eine Statue auf seinem Kissen kauert, ist violett angestrahlt.

«Fühl dich wie im Mutterbauch, Robert.»
«Ja, genauso kommt es mir vor, wirklich»,
lüge ich, obwohl ich eigentlich schrecklich nervös bin. Ich setze mich auf eine Samtmatratze.
«Du bist hier, das ist ein Glück. Lass deine Ohren Kelche sein, Robert, ich erkläre dir ein paar Elemente, den Rest musst du selber finden: Excuse me while I fuck the sky. Verstehst du? Das Paradies ist ein billiger Pauschalurlaub gegen das hier. Wie großartig könnte die Welt doch sein. Überall schreiben und labern sie von Utopien, davon, was wie sein könnte – vergiss das. Paradise now. Hier ist alles, was du dir erträumst, nur noch intensiver. Excuse me while I fuck the sky.»
In einer Hängematte liegt jemand, der Freddy heißt, er ist halbnackt und fadendürr. Anfangs hatte er nur einmal seinen Namen gehustet und dann vor sich hin gestarrt. Jetzt redet er, seine Stimme klingt wie aus einer anderen Dimension.
«Was Shrivatni meint, ist mehr, als du vielleicht ahnst. Es steckt eine große Theorie hinter dem Himmelficken. Das exponentiell beschleunigende Karussell des Hyperkapitalismus wird kollabieren, alles wird untergehen, drown, drown, drown. Und das ist nur der Anfang eines riesigen Umschwungs.»
Als müsse er jedes Wort aus sich herausschaben, kratzt sich Freddy ausgiebig den bemalten Unterarm und krächzt stockend, mit rostiger Stimme weiter.
«Die Globalisierung, ja, ist ein großer Irrtum. Und sie ist schon fast wieder vorbei. Glaub mir, wenn die Ölreserven knapper werden, wird der Hauptmotor der Globalisierung

verrecken, nämlich die immer schneller werdenden Verkehrswege. Flugzeuge werden nur noch vereinzelt und irgendwann gar nicht mehr fliegen. Autos werden eingestampft werden. Siehst du die großen Blechfriedhöfe schon vor dir, Robert? Das schnellste Verkehrsmittel wird das Fahrrad sein. Und natürlich wieder Pferde. Klar, auch die Kommunikationswege sind ein maßgebender Faktor für die Globalisierung, aber elektronische Kommunikation wird an Bedeutung verlieren. Wir können zwar jederzeit über jede Distanz hinweg kommunizieren, aber hey: Das ist nur so lange interessant, wie wir auch die Möglichkeit haben, den anderen tatsächlich zu treffen. Reite mal von Bochum nach Pjöngjang. Letztlich wird eben doch nicht alles immer schneller und schneller bis in alle Ewigkeit. Das ist mit unseren Ressourcen nicht machbar. Es gibt nur eine Welt, und die steht kurz davor, sich wieder zu lokalisieren. Deutschland, wie jedes Land, wird wieder ein Agrarstaat sein. Siehst du die Felder, Robert?»

Shrivatni macht mit der Hand Gesten, die ich nicht kenne, und säuselt sanft dazwischen. Schatten vervielfachen seine Bewegungen. Freddy verstummt. Shrivatni sagt:

«Jaaaa.»

Ich nicke. Dann sagt Shrivatni:

«Ich sehe in der Zukunft einfache Menschen, Bauern, die lächelnd reiten und radeln, mitten durch eine verwüstete Umwelt zwischen Atommüllhalden und leeren Batterielagern. Aber dazwischen sprießt es wieder, und die Natur kommt zurück zu uns und wir zu ihr. Menschen versorgen sich selbst in kleinen Gruppen und Kommunen, sie wohnen zusammen in kleinen Gewächshäusern. Sie handeln dann nur

noch sporadisch mit Gütern, handeln selten, aber geschickt organisiert und fair. Sie werden ein intaktes, liebevolles Sozialgefüge aufbauen. Strawberry Fields ist nicht nur besser als alle Utopien, es ist die Zukunft.»
Zwei oder drei schlanke Joints mit Rosenblütenblättern statt Tabak lassen es angenehm in meinem Hinterkopf kribbeln. Ich sehe nur Shritvatnis Kopf, er ist länglich wie ein komischer Kiesel. Sie haben so recht. Ein Gefühl überkommt mich, als hätte ich das, was Shrivatni und Freddy sagen, selbst schon mal gedacht, obwohl das nicht so ist. Aber intuitiv, irgendwo im Hinterkopf, unter einem Haarwirbel vielleicht, wusste ich tatsächlich schon lange, dass es gut und richtig sein würde. Wir rauchen weiter, Shrivatni fabuliert und erzählt Visionen, die ich unglaublich und unglaublich interessant finde, aber sofort wieder vergesse. Artischockenherzen, denke ich, Artischockenherzen.

SCHÜTTLER. BERLIN. «Ob mir peinlich ist, was ich tue? Bitte! Roman, du, du bist peinlich. Wie du immer ... Ach, gottverdammt!»
Meine Arbeit ist mir wirklich in keinster Weise peinlich. Ja, sicher, wir sind kein wirklich seriöses Blatt, hat auch nie jemand behauptet. Was ist das denn auch für ein Maßstab? Titten auf die Theke, es ist eine einzige wahre und vollherzige Rebellion, hier zu arbeiten. Das hier ist das Einzige, was man noch tun kann. Und wenn es dann auch noch so gut bezahlt ist.
«Also diese Zeitung ...»,
sagen sie, das sagen sie alle. Der Jentzsch würde das sagen. Oh, wie ich ihn hasse, wenn er selbstgefällig seine Jacke über

die Schulter schwingt. Die Perversion dieser Choreographie, seine Schreibe, seinen Kaffeeatem, seine altbackene Eleganz, wenn er beim Telefonieren «mein Lieber» sagt, sein verlogener Schlenderschritt, wenn er durch seinen Kiez läuft, sein Selbstverständnis. Aber auch die, die nie etwas gepackt haben, sagen es, mein Studienfreund Marian zum Beispiel.

«Also diese Zeitung ...»

Marian fährt jetzt Taxi. Aber immer ein gutes Buch auf dem Beifahrersitz, vom Zoo zum Flughafen und zurück zum Zoo und dann ganz raus nach Golm, aber immer ein gutes Buch dabei. Weder Murakami noch Coelho und auch kein Klassiker, ne, immer was Spezielles, abgeklärt, leicht experimentell. Und er kennt immer jemanden, der den Autor kennt. Das macht für Marian den Unterschied, das beschissene Buch auf dem Beifahrersitz. Weil er glaubt, dass es Mut wäre, sein Leben für die Kunst, sein Scheißleben für seine Scheißvorstellung von Kunst aufzuopfern. Er glaubt sonst nicht mehr viel, aber immerhin, dass er es für seinen Gott getan habe, seinen eigenen Gott, der im Idiotentraum zwischen Bildern, unlesbaren Büchern und einer Flickenteppichphilosophie wohnt, einer falschen und selbstgezimmerten Philosophie, Stück für Stück zusammengepresst aus seiner Angst, die ihn immer antrieb. Der Angst, dass das Leben nicht mehr für ihn mitgebracht hat als Bürokaffee und Feierabendbier. Deshalb studiert er und macht dazwischen etwas, das er dann Kunst nennen kann. Aber er kennt gar keine richtige Kunst, nur die Angst vor der Leere und vor dem Loch im Ego, wenn man keinen Abschluss macht. Also brach er das Studium nicht ab, als ihm insgeheim klar wurde, dass er einer müden Ersatzreligion anhängt, die ihn nie selig machen wird. Und dieser angstgepeitschte Hund wähnt sein Leben mutig und sich selbst noch mehr. Weil er sich nie verbogen habe für Geld. Immer im Wahren gelebt habe. Und dann steigt man in Marians Taxi, setzt sich aus Versehen auf sein Buch und muss sich später von ihm etwas anhören wie:

«Also diese Zeitung ...»

Oder sie haben ungerechtfertigt Geld gemacht, wie Carlas schwuler Freund Torben, der sich angekommen glaubt in seinem Olymp, wenn er, mit dem Architekten durch den Rohbau seines Hauses schlendernd, an den Sockel der einen, peinlichen Säule klopft. All das ist schlimm, denn es liegt ein Verkennen darin.

Sie wissen gar nichts. Nichts wissen sie über das Leben und nichts über diese Zeitung. Weil niemand eine ausgewogene Einstellung zu uns hat. Man hasst uns und lehnt uns kategorisch und vollständig ab, oder man nutzt uns und hat keine andere Meinung. Klar, wir sind nicht die FAZ. Aber dass unser Erfolg nicht von ganz ungefähr kommt, dass wir auch gute Journalisten haben und gute Artikel bringen, das schätzt niemand.

Stattdessen haben diese sich als reflektierte Menschen wähnenden Schmalköppe eine schwarz-weiß gezeichnete Klischeemeinung, die plumper und nuancenloser als jedes Kinderweltbild ist. Und beinahe hätte ich es vergessen: Die mit den Kindern, die sind die Schlimmsten, die Allerschlimmsten. Dabei sind ihre Kinder missraten oder meinetwegen sogar hochbegabt, die Kinder, die sie mit einem unförmigen, lauten Partner aufziehen.

Ich richte meinen Blick auf das rote Licht neben dem Objektiv und antworte:
«Sicherlich, ja, wir sind kein wirklich seriöses Blatt. Das hat auch niemand behauptet. Aber hier zu arbeiten, das ist die letzte konsequente Haltung, die ich mir bewahren konnte, die letzte konsequente Haltung, die man noch einnehmen kann. Überhaupt.»
Roman dreht nickend am Objektiv, auf dem eine ins Rundliche verzerrte Figur auf einem Sofa schimmert. Er fragt:
«Wie ist dein Schlampenname?»
«Pocahontas Schmidt.»
«Wann feuern sie dich?»
«Gar nicht. Weil ich gut bin, weil alles gut läuft. Und jetzt lass uns was trinken und nimm die Kamera weg. Das ist hier nicht American Beauty oder so. Ich versuche ernsthaft, Spaß zu haben.»

ROBERT. STRAWBERRY FIELDS. Schmeichelnde Böen haben einen kühleren Abend über den Tag geschoben, einen Abend voller Ruhe und Selbstverständlichkeit. Ein einzelner Frachter zieht als gelber Lichtfleck in Richtung Myanmar. Ich weiß die Richtung nicht genau, ich stelle mir das nur so vor. Die Schatten fallen aus den Bäumen, und wir sitzen zusammen.
Auf einem viel zu kleinen Holzpflock hockend, rauche ich meine zigtausendste Bidi-Zigarette heute. Bidis bestehen aus gerollten Tabakblättern, kosten umgerechnet sechs Cent und lassen sich schnell rauchen. Als ich morgens das erste Mal in meiner Hütte erwachte – das Faltenrockmädchen war fort –, schwamm ich einige Dutzend Züge im warmen Meer.

Später kaufte ich mir im Dorf, wenn man das so nennen kann, einen Rucksack voll Bidis. Die rauche ich jetzt die ganze Zeit. Es geht mir immer so, wenn ich die Menschen um mich herum nicht kenne, muss ich ganz besonders viel rauchen. Wir haben verschiedene Gesellschaftsspiele angefangen und sofort wieder aufgehört. Es sind fast nur Deutsche, und keiner von den Älteren. Die Figuren, Karten und Schildchen liegen verloren im Sand. Es ist nicht so, dass wir gerade noch ein Spiel spielen würden, aber wir haben uns auch nicht wirklich entschlossen, damit aufzuhören.
Ein Tier kracht durch das Gebüsch, aber in dem Moment, da sich jemand danach umdreht, ist es auch schon weg, zumindest ist kein Geräusch mehr zu vernehmen. Alle, die jetzt hier im Kreis sitzen, hören zu. Alle hören zu, wie ein flachsblonder Hüne mit Lennart über Bob Dylans Buch «Tarantula» diskutiert.
«Mann, du raffst es einfach nicht, Mann!»,
ruft der Flachsschopf ein wenig verzweifelt und zerwühlt sich dabei die Haare. Lennart aus seiner Hängematte:
«Ohm, klar verstehe ich's. Zumindest so viel, wie man da verstehen kann. Der Bob ist ja nah dran an all den guten Strömen, und alle, die was vom Leben verstehen, haben ihn auch gehört. Aber das Buch ist verquirlter Unsinn.»
Wir hören nicht einfach nur zu, wie man sonst am Abend zuhört, wenn man sich nicht viel bewegt, nur ein wenig Sand auf die nackten Füße rieseln und die Asche der Bidis in die halben Kokosnüsse fallen lässt. Es ist jetzt anders, da liegt diese Spannung über allen, auch über mir, ganz besonders über mir. Ich will was sagen, eine Menge will ich sagen, aber ich starre weiter und denke: Das Allerhöhnischste ist,

wie er in diesem quietschbreiten Sächsisch die Worte über seine Zunge wälzt.
«Echt, das ist irgendwie nur eine große, unsinnige Blättersammlung. Ein Haufen Klopapier.»
«Hypermoderne Lyrik, eine megamystische Ballade. Und damit macht sie mehr Sinn als alles andere. Aber du darfst da sicher nicht zu viel reintun, außer deiner Phantasie. Hey, Dylan hat das aus seinem Inneren herausgeholt, zu einer Schablone gedichtet, und du liest es und machst dir im Kopf deine Bilder dazu. Und wenn sie schön sind, dann ist es gut und bunt und so. Da musst du halt voll einsteigen, dann aber findest du 'ne Menge richtig gutes Zeug drin. Is halt nicht so 'n Ratio-Gewurste wie deine Bücher.»
Ich erinnere mich, wie ich einmal auf einer erwartungsgemäß ganz grauenhaften Hausparty, auf die ich mich trotzdem gefreut hatte, «Tarantula» aus einem Ikearegal der Lehrereltern des Gastgebers gefischt habe. Der Anfang des Buchs war wie eine fremde Sprache, ich verband Buchstaben zu Wörtern, es ergaben sich nur keine Zusammenhänge. Aber bald ließ das nach, ich erkannte verhangene Bilder, wachtraumähnlich, und ein äußerst wohliges Gefühl machte sich in mir breit. Das Gefühl, Dylan zwar meistens überhaupt nicht zu verstehen, aber eben genau auf die Art, wie ich mich selber überhaupt nicht verstehe. Die Sätze jedoch, die ich verstand, waren wie ein Schatz und kamen mir wahrer vor als alles, was ich seit langem gelesen hatte. Es gefiel mir ungemein. Ich las noch eine halbe Stunde in wohligem Halbverstehen weiter, dann legte ich es weg und trank sehr viel Apfelkorn mit einem molligen Punkmädchen. Als sie mich später küssen wollte, wich ich aus, griff wieder nach

«Tarantula» und begann, daraus vorzulesen. Das schreckte sie einigermaßen ab. Fast sicher bin ich mir, dass ich, wenn ich mehr Zeit gehabt hätte und ein bisschen konzentrierter gewesen wäre, das Buch richtig verstanden hätte. Ich spüre den sehnlichen Wunsch, Lennart jetzt damit fertigzumachen.

Er hat sich auf seine pissige Art gerade richtig in Fahrt diskutiert, und ich bin mir unsicher, wer von den am Tisch kauernden Typen ihm zuhört oder gar auf seiner Seite ist. Einige schnitzen etwas in die Platte, Gregory streichelt mit verlorenem Blick das Kerzenwachs, das er sich immer wieder auf die Handfläche träufelt, und Beppo kifft zusammengesunken vor sich hin.

«Ohm, klar. Bob ist ein abgefahrener Musiker, so weit no doubt. Aber ein guter Poet ist er nicht. Der war halt immer amoralisch und apolitisch und voll am Rumdrogen und Egotrippen.»

«Egotrippen tun wir alle»,

fällt ein Mädchen ein, dessen Namen ich vergessen habe, das aber aussieht, als könne es Justine heißen. Aber Lennart schüttelt den Kopf und erzählt irgendeine Baba-Weisheit. Ein stinkender Typ in Toga hat ihm dieses und jenes rare Ultrageheimnis über das Wesen des Menschen erzählt. Ich kann in diesem Moment nicht mehr genau zuhören, weil es so schlimm ist. Ich wusste, dass es so kommen würde und dass ich nichts dagegen machen könnte. Das ist wie ein Katzenbaby oder ein Hitlervergleich. Und Lennart macht das mit Kalkül, und er macht das dauernd. Es reicht mir. Wenn man lange geschwiegen hat, ist es seltsam, seine eigene Stimme zu hören.

«Was haben denn die Babas damit zu tun? Was soll das? Ich meine, ‹Tarantula›, das ist eine verdammt komplexe Sache, und eigentlich, also ich finde, ist es amoralisch, dem mit einer Philosophie beikommen zu wollen, die damit gar nichts zu tun hat. Und mit Drogen hat das jetzt messagemäßig gar nichts zu tun.»
«Messagemäßig», oh Mann, als Nächstes sage ich noch: «So weit no doubt.» Das war der erste Satz, den ich mit Lennart gewechselt habe. Verdammt, ich bin aufgebracht und aufgekratzt, aber wirklich wach bin ich nicht. Ich höre meiner Stimme hinterher und falle tief in einen Gedankenort, eine Zuhörwarte, und von dort beobachte ich mich beim Sprechen, höre mir zu, höre mich «messagemäßig» sagen. Aber das ist nicht halb so schlimm wie die Figur, die mir gegenüber in der Hängematte sumpft. Diese gespielte Gelassenheit in jeder Gesichtsfalte. Er bereitet sich sicher auf den Gegenschlag vor, vermutlich sitzt die Kugel schon längst im Lauf, denke ich, und die Situation entfernt sich immer weiter von mir, aber ich rede:
«‹Tarantula› ist und bleibt ein Buch, ein Gedicht, zu dem es ganz andere Erfahrungswerte braucht als irgendwelches Mönchstum. Das steckt alles in einem Raum hinter den Erfahrungen, weit dahinter! Also ...»
Ich stocke, weil ein Geräusch hinter mir aufschwappt. Das ist kein Tier. Als hätte er auf seinen Einsatz gewartet, erklingt ein Akkord. Hinter mir, schon viel näher hinter mir. Dann erscheint Shrivatni aus dem Dunkel, um den Hals seine rotbekleckste Gitarre. Shrivatni grinst, legt einen Handgelenkschwung nach, weitere Akkorde ertönen und sammeln sich zu «Mr. Tambourine Man». Alle beginnen zu

singen und sich zu wiegen in genießerisch ergebenen Bewegungen, zuerst noch ein wenig steif. Beim Singen sehe ich Lennart nicht mehr an, aber er ist beinahe schon etwas erträglicher, und ich entspanne mich fast ein wenig.

«Yes, to dance beneath the diamond sky with one hand
waving free,
Silhouetted by the sea, circled by the circus sands,
With all memory and fate driven deep beneath the waves,
Let me forget about today until ...»

SCHÜTTLER. BERLIN. Da trinkt man einmal einen Maracujasaft, und schon läuft etwas schief. Splitter, Glasstaub und die Hälfte des Glases bilden eine kleine Ruinenlandschaft auf den mondsteinartigen Kacheln meines Flurs. Das Glas ist mir aus der Hand gefallen, als das Telefon anfing zu klingeln. Und es hört jetzt nicht mehr auf.

«Ja, ja, ja. Schüttler am Apparat.»

«John Porno, Schüttler. Mirko ist am Apparätchen. Nur ein Wort: zusammengebrochen! Zusammengebrochen!»

Mirko grölt hysterisch ins Telefon. Seine Stimme schlägt schiefe Flickflacks.

«Die Post in Mitte ist verdammt noch mal zusammengebrochen. Heute stand es im Kurier. Tausende Zuschriften. Der Boden unserer ganzen Kampfzentrale ist mit Briefen bedeckt! Wir müssen uns treffen, Antworten schreiben. Ronnie beschriftet schon stundenlang Briefumschläge. Komm her!»

«Oh, Mann, das ist perfekt. Aber Shit, ich hab ein Date. Ich komm morgen, ja?»

«Ja, Mann! Ja, Mann! Ja, Mann!»

Vor dem Spiegel mache ich erst Siegesposen, weil es so verdammt gut gelaufen ist. Dann ein paar überzeichnete Modelmoves. Ich lache. Für ein paar Euro habe ich mein Marbella-Bronze aufgefrischt und wähle nun Jackett und Hose, stilistisch und farblich auf Carla abgestimmt. Dafür hab ich ein sicheres Auge. Beim Komponieren vor dem Kleiderschrank halte ich mich fern von ideologischen Statements und Klischees, denn ein gelungenes Outfit sollte nichts als die Herrschaft des guten Geschmacks zelebrieren. Nichts weiter. Der Taxifahrer ist prinzipunfreundlich, aber ich kenne die Masche und lasse mich davon nicht verunsichern, was mir wiederum seinen Respekt einbringt. Als sich unsere Blicke kurz im Spiegel treffen, verrät seine klopsige Gesichtsmaske schon einen etwas sanfteren Missmut. Gewonnen. Ich kenne das Taxifahrerspiel. Ich habe diese Stadt studiert, gefressen, ausgekotzt und durch die Nase wieder eingesogen. Ob man das Spiel gewinnt, erkennt man an kaum merklichen Nuancen, an Millimeterfalten um den Mundwinkel. Taxifahrer sind rau, aber nicht grob in ihrer Rauheit, sondern exakt eingepegelt bis auf jede verwaschen genuschelte Silbe. Man erkennt es also an Nuancen wie einem angedeuteten Türaufhalten, an einem Blick wie eben oder an einer leichten Sanftheit beim Armausschwingen nach dem Wechselgeldrausgeben. Gewinne ich, dann gibt mir das eine Zufriedenheit, die mindestens die ganze nächtliche Taxifahrt anhält. Ich fahre nachts immer Taxi. Denn das Schlimmste ist ein Nachhauseweg in der U-Bahn voller Gestank, Kleinkrimineller und mir. Woran es lag, dass es mit Carla nichts wurde, weiß ich gar nicht mehr genau. Meine Aufreißerskills waren damals auch noch recht bescheiden. Ich verfügte über keinen vernünftigen Opener und ging hausieren mit «Hallo, ich bin der», und es hatte damals wohl auch an der Typfrage gelegen. Obwohl man kaum glaubt, dass es das wirklich gibt. Ab und zu wird der Mensch doch von Veränderung durchwaschen. Ich mag mich damit gar nicht zu viel beschäftigen. Aber kurz bevor ich zu studieren aufhörte, also Carla kennenlernte, hätte man noch einen anderen Eindruck von mir haben können, hätte man mich wohl noch ganz anders eingeordnet. Carla stand also ein wenig auf das, was ich früher versuchte zu sein. Ärmliche Nummer. Ich interessierte mich inzwischen eigentlich nur für Frauen mit einem weniger naiven Männergeschmack: leicht zynisch, durchaus bissig, nicht auf jedem Trenddeck tanzend, sondern eine Etage darüber, aber dennoch zeitgemäß. Oder Frauen, die so gut aussehen, dass das alles kompensiert. Carla sah so gut aus. Das hübsch-struppige Gewächs einer untersetzten Grundschullehrerin, die einen an die Wand lächelte. Und obwohl ich nicht mehr auf solche Frauen stand und sie auch nicht auf Typen wie den, der ich jetzt war, machte es mich wütend, sie nicht kriegen zu können. Vielleicht hatte ich mich von meinem früheren Typ auch noch nicht ganz losgesagt. Dann sehe ich Carla.

Sie trinkt ein Bananenweizen. Na ja. Ich bestelle Gin Borgward und habe einen kleinen Erfolg, der Kellner kennt den Drink schon. Ich muss ständig an unsere Mission denken und an die Briefe der Hipster, die ich später lesen werde, lachend und triumphierend. Carla sagt so Sätze, die ich früher nicht verstanden hätte, die mich aus dem Konzept gebracht hätten.

«Hier gibt es Seidenbienen und Strohblumen. Das mag ich.»

Heute kann ich mit solchen Sätzen und den Frauen, die sie aussprechen, umgehen. Wir plaudern hin und her, ein paar Standpunktchecks, lächeln extra lange, vielleicht gebe ich ein bisschen an, aber nur ein bisschen, und plötzlich schaut sie mich an, als ob irgendetwas umgefallen ist. Sie sagt:
«Mein Gott, bist du eklig geworden.»

ROBERT. STRAWBERRY FIELDS. Vor Shrivatnis geodätischer Hütte im Sand sitzend, trommle ich seit Minuten ein anschwellendes Holzkistensolo. Shrivatni nickt dazu. Ich starre auf die Nägel meiner auf- und abschwingenden Finger. Nachdem ich ausgiebig gehustet habe, vielleicht sollte ich langsamer rauchen, frage ich Shrivatni:
«Wie ist das mit Beppo eigentlich, na ja, ich meine, was hat er, ist er ... behindert?»
Shrivatni greift nach einer Haschischkatze neben sich. Einen kleinen Teil seiner unwahrscheinlichen Haschischvorräte reißt er zu Batzen, aus denen er dann knubblige Katzenfiguren knetet, die er wie eine Prozession auf einer Ablage hintereinander aufreiht. Ab und zu nimmt er eine der Katzen, bricht ihr mit blödsinnigem Pathos das Genick und zerbröselte sie in das Bett eines wuchtigen Joints.
«Nein, er ist eine Spezialeinheit.»
«Spezialeinheit?»
«Genau das. Mein Bruder ist nicht behindert, nur ein spezieller Typ, speziell drauf für spezielle Dinge. So könnte man das sagen. Und er ist wohl der Glücklichste hier. Wir sind alle glücklich, aber er hat auf seine Art mehr davon verstanden als alle anderen.»

SCHÜTTLER. BERLIN. Zucker. Zucker, Zucker, Zucker, ist das Erste, was ich denke. Ich bin wach, zumindest sind meine Augen auf, und ich brauche Zucker, weil mein Magen zittrig ist und ich bestimmt nichts Festeres essen kann. Also setze ich Teewasser auf, um mir gleich ein stark gezuckertes Getränk zuzuführen. Von gestern habe ich momentan nur noch den devot-entrückten Blick einer schrecklichen Außenhandelskauffrau im Kopf. Wie ich sie zum Jauchzen brachte und in dem Moment, als das aggressiv schöne Geficke am besten wurde und meine Zähne knirschten vor Druck, ich mich auf einmal ekelte vor irgendetwas. Vielleicht eine Minute lang habe ich weitergemacht und gewartet, dass das Gefühl wegginge, aber es schwoll immer weiter, also rollte ich mich von ihr runter, rannte ins Bad, simulierte Kotzgeräusche und hatte dann einen Grund zu gehen. Ich habe keinen Zucker mehr zu Hause, was kein Wunder ist, weil ich nie koche. Nach einer halbstündigen Dusche sehe ich fast menschlich aus und schleiche zu meinem Nachbarn, dem netten Herrn Vetter, und will ihn um Zucker bitten. Er ist wirklich erträglich für einen alten Mann: Er beschwert sich nie und guckt nicht verachtend. Alte Menschen stellen auch keine Sportkinderwägen in den Flur. Schmerzlich bemerke ich, dass Türklingeln leider nicht leiser sind, wenn man sie sanft drückt.

«Ach, der Herr Schüttler, wie ist es schön, Sie mal wieder zu sehen. Ich lese ja nur von Zeit zu Zeit aus Interesse einen Artikel von Ihnen in Ihrer scheußlichen Zeitung, den Rest muss ich immer gleich in den Kübel schmeißen. Aber sonst hört man ja nichts. Kommen Sie nur schnell rein, ich muss in die Küche. Hab da was am Köcheln. Nun, nun, was gibt es denn?»

Herr Vetter scheint gerade Unmengen von Rosenkohl zuzubereiten, aber das ist mir egal. Also formuliere ich mein Anliegen und mache ein Gesicht, das hoffentlich nicht ganz so fertig aussieht, wie ich bin. Er lächelt zurück. Als er mir den Zucker gerade geben will, kocht sein Topf am Herd über, er muss hinspringen und schwafelt dabei weiter.

«Mein Enkel ist jetzt Emo.»

«Wie bitte?»

«Hab ich auch gesagt. Neulich habe ich ihn nur gefragt, meinen Enkel, was er denn wieder für scheußliche Kleidung trage, ob er nicht, wo ja Sonntag sei, das schöne Sakko anziehen könne, das ich ihm geschenkt habe, oder wenigstens ein Hemd. Es muss noch nicht mal lange Ärmel haben, habe ich gesagt. Und dann meinte er: ‹Opa, ich bin jetzt Emo.› Natürlich habe ich erst mal einen Schreck bekommen und gedacht, dass das was mit Drogen sei oder dass er schwul ist. Herr Schüttler, ich hab ja nichts gegen Schwule, weiß Gott, aber der eigene Enkel, das wär mir nichts. Er hat nur gesagt, dass er jetzt eben Emo ist, das sei seine Sache, hätte nichts mit Drogen oder schwul zu tun, ich solle da nicht nerven. Da dachte ich kurz, vielleicht ist er ja in eine Burschenschaft eingetreten oder es ist eine Krankheit. Ich hab noch mal nachgefragt, weil ich mich ja nicht so auskenne, was denn so ein Emo überhaupt ist. Da meinte er, es ginge um Musik und sei eine Einstellung. Herr Schüttler, nun denken Sie sicher, dass damit alles gegessen sei. Ich war ja auch erst mal beruhigt, es hätte ja was wirklich Schlimmes sein können, eine Krankheit oder so. Also habe ich ihn ‹sein Emo› machen lassen. Aber dann war ich daheim und habe mir gedacht: Sapperlot, so kann es doch nicht gehen.»

Während seines Monologs habe ich mich, ohne über die Konsequenzen nachzudenken, an seinen Tisch gesetzt. Ich bin einfach zu kaputt von gestern, um schnell und elegant zu flüchten. Lieber, nerviger Mann, denke ich, lass mich gehen.

«So kann es doch nicht gehen. Wissen Sie, Herr Schüttler, das hört man heute selten, aber: Ich bin Kommunist.»

Auch das noch. Entweder ich schaffe es, ihn vom Politischen wegzulocken, oder er wird nun zu erzählen anfangen und nie wieder aufhören. Und ich muss ihn in seinem Rosenkohltopf ertränken, wenn ich heute noch hier rauskommen will.

«Zu Hitlers Zeiten bin ich geboren, in Schlesien. Meine Eltern waren natürlich Kommunisten, keine einfache Sache, glauben Sie mir. Meine Geschwister sind Kommunisten, und ich bin Kommunist. Daran glaube ich, und da gibt es für mich keine Argumente gegen. So ist das, und so bleibt das, und das kommt von tief innen.»

Verdammter, nerviger Mann, denke ich. Erst strapazierst du mein Freundlichkeitslimit mit deiner Scheiß-Emogeschichte, jetzt mit deinem Leben. Was denkst du dir eigentlich? Ich arbeite bei einer Zeitung und muss mich dauernd mit Drecksgeschichten volllabern lassen, die mich nicht interessieren. Glaubst du, da will ich jetzt wissen, was du von Emos und Kommunismus hältst?

«Herr Vetter, die Sache ist ...»

«Ach Herr Schüttler, keine Angst, ich hole ein wenig weit aus, ich weiß, so bin ich. Aber ich lasse Sie gleich gehen. Sapperlot, hab ich also gedacht. Neulich hat mein Enkel noch amerikanischen Sprechgesang gehört, dann wollte er unbedingt zu einem Punkkonzert. Die Gruppe wäre etwas links, hat mir meine Tochter erklärt, und das fand ich schon annehmbarer. Ich bin ja Kommunist. Na ja, und nun dieses Emo. So kann es doch nicht gehen: Die Leute, gerade die jungen, wechseln ihre Weltanschauung wie Unterwäsche. Dauernd passt es nicht mehr oder kratzt sie, ist zu eng oder sonst was. Weil sie sich nicht festlegen wollen und nichts richtig ernst meinen. ‹Nicht wirklich›, sagt mein anderer Enkel immer. Da hab ich gefragt, was das heiße, und er meinte, es heiße ja und nein, wie man wolle. Gleichzeitig, Herr Schüttler, gleichzeitig! Das muss man sich mal vorstellen. Früher hatten wir das nicht. Dass jeder seine Weltanschauung dauernd wechseln kann, dass das nur so ein Durchgangsding ist, das will mir nicht in den Kopf. Wo ist denn da die Aufrichtigkeit? Das ist doch alles kein ehrbares Verhalten! Herr Schüttler, ich rede wieder zu viel. Verzeihen Sie bitte, machen Sie es gut, hier ist Ihr Zucker.»

ROBERT. STRAWBERRY FIELDS. Wir tanzen alle auf der großen Plattform im Wasser, während über uns dunkelblau der Himmel mit einem prächtigen Mondfleck steht. Ich wiege mich sanft und lasse das Normalprogramm an Bewegungen durchlaufen, in kleinen Variationen, ohne mich sonderlich zu konzentrieren. Jeder hat ja sein eigenes Repertoire an Rumgewippe, Armgehebe, Kopfgeschlenker, das er abspielt, wenn er sich nicht auf die Musik einlassen kann oder will. Das Muskelgedächtnis übernimmt da die Verantwortung.
Kugelige Bose-Lautsprecher schieben wohlige Bässe in unsere Körper. Die meisten hier sind recht jung, in den Zwan-

zigern, höchstens Anfang dreißig. Ausgenommen Freddy, der ist sicher weit über fünfzig. Israelis, Skandinavier, Amerikaner, Deutsche. Aufgereiht stehen die importierten Spirituosen auf der ovalen Bar. Britischer Gin, mehrere Sorten Whiskey, bunter Likör in schlanken Milchglasflaschen. Den Rest erkenne ich nicht. Das Mondlicht franst sonderbar in den Schwarzlichtschimmer über den schlingernden Körpern, die sich wie Pflanzen unter Wasser bewegen. Beppo headbangt unter dem Stroboskop und hebt ab und zu beide Hände, um den Knopf für den Nebelwerfer zu drücken. Ich frage Freddy etwas, und er antwortet:

«Wie ich hergekommen bin? Ich denke, mich hat der Wind getragen, nicht?»

«Das sagst du schön, Freddy.»

«Ja, danke, du. Na ja, so doll isses auch nicht.»

«Ja.»

«Ja. Die Zeit hat mich in Indien liegen gelassen. Alles begann mit der Aufregung, die Riesenwelle, das wilde Leben, aber ich war noch zu jung. Musste erst meine Ausbildung fertigmachen, und dann war es schon Ende der Siebziger. Viertel vor, sozusagen. Die Welle war abgeebbt in Deutschland, aber ich war bereit und heiß! Also machte ich mich auf, nach Indien, den ganzen Trail getrampt in Richtung Freiheit, immer weiter. Und in Goa war es noch immer am Glühen, die Leute lichterloh, tanzen und trippen und frei sein. Und es kam mir vor wie bei einer Party, auf die du zu spät gekommen bist: Alle wollen schlafen gehen, nur du willst noch tanzen. Im Lauf der Jahre gingen also immer mehr weg oder zurück, oder sie bekamen Kinder oder Drogenpsychosen oder beides. Manche wurden auch erwischt und hatten nicht genug Bakschisch zum Bestechen, und heute vergammelt denen in feuchten Knastzellen der Bart. Eine Freundin, wenn man das so sagen kann, bekam ein Kind von mir, aber sie wollte es in Deutschland auf die Welt bringen. Ich hatte nicht genug Rupien für das Ticket, also flog sie allein. Ich blieb, wollte nachkommen, aber als mein Sparkissen voll war, fiel mir auf, dass ich ihren Nachnamen nicht wusste. Da blieb ich. Was sollte ich auch sonst tun? Irgendwann stand ich am Anjuna Beach, allein zwischen Irren und Ravern, Pauschalis und ein paar Indern, die mit Reisebussen zum Nacktegucken kamen. Aber ich blieb. Bis ich Rüdiger, also Shrivatni, traf. Er mochte meine Geschichten und nahm mich mit, und dann gründeten wir dieses irre Ding hier. Und hier werde ich auch bleiben.»

«Ich auch, glaub ich.»

Plötzlich steht Luca vor mir und tanzt und schaut mich auffordernd an, wie es nur ganz wenige Frauen tun. Hebt den Blick, senkt den Blick, freundlich provozierend, eine zarte Ohrfeige. Wir manövrieren uns durch die Beats, und obwohl Luca eigentlich gar nicht so unfassbar grandios tanzt, wie ich es von ihr erwartet hatte, reißt sie mich mit. Aber je ausgelassener sie wird, desto mehr verkrampfe ich. Glücklicherweise bin ich heute annehmbar betrunken. Also schwingen wir durch ein paar Lieder, ich und Luca und natürlich auch die anderen, und sie schmiegt sich an mich. Ihr Blick ist ein Ereignis, ihr Lachen eine Lightshow, und als ich ein wenig absichtlich stolpere, ins Wasser falle und dann durchnässt am Rand der Plattform sitze, setzt sie sich zu mir. Sie sagt Worte, die ich höre, aber nicht verstehe. Da küssen wir uns. Während ich ihren Oberschenkel streichle, zittere ich, obwohl

es sicher dreißig Grad hat und ich nicht im Geringsten friere. Ein Track mit flatternder Snare trommelt los. Luca und ich stehen auf und beginnen wieder zu tanzen. Alle singen jetzt einen seltsamen Chor mit.
«Gid-dig-gid-dig-gid-dig.»
Obwohl ich nicht weiß, ob das eine Phantasiesprache ist, etwas Afrikanisches oder sogar eine Sprache von einer der Inseln, singe ich mit, und nach ein paar Wiederholungen kann ich es. Ich streiche Luca über die Wange und ahne sogar die Bedeutung des Textes. Irgendwie.
«Yiiiih, ya, ya, ya, ye heh! – Gid-dig-gid-dig-gid-dig. Ya. Psik. Psik. Psik. – Gid-dig-gid-dig-gid-dig.»
Der Gin Tonic in meiner Hand leuchtet dabei herrlich. Ein Aquarium aus Phosphor. Wenn ich sie etwas zu verliebt anschaue, ohrfeigt sie mich.
«Komm mal zurecht, jetzt!»
Und dann schaut sie selber noch viel verliebter, aber ich kann sie nicht ohrfeigen.
Ich vermisse niemanden.

SCHÜTTLER. BERLIN. Immer wenn ich auf etwas oder jemanden warte, trinke ich zu viel Kaffee, und wenn ich zu viel Kaffee trinke, werde ich geschwätzig und nervös und breche später irgendwann zusammen. Den geschwätzigen Zustand aber mag ich ganz gern.
Ich hab mir das ja schon gedacht, weil es immer so ist, ein Klischee, das sich fortwährend selbst bestätigt und bis zum physikalischen Gesetz verstärkt: Schauspieler müssen zu spät zum Interview kommen. Auch der Kerl heute, insofern der ein Schauspieler ist. Dabei habe ich ein Café ausgesucht,

dessen Sessel riesig genug sind, dass nicht nur ein Drittel seines gewaltigen Körpers darauf passt.

«Sche!»

Mehr hat er nicht gesagt. Ein Wort nur. Aber Wieland sagt auch immer:

«Tun Sie es in ein Wort! Das Kurzformat ist die Championsleague. Und es ist die Zukunft, Freund Schüttler. Sie bauen hier ja Sätze in der Einleitung, das sind so richtige Grammatiklabyrinthe, ellenlang. Die passen auf keinen Sattelschlepper. Alles schön in kleine Häppchen teilen, mundgerecht, hirngerecht. Die moderne Aufmerksamkeitsspanne entspricht dem Augenzwinkern eines valiumbetäubten Elefanten. Das werden einige noch erst merken. Auch die ZEIT. Ganze Gattungen werden aussterben. Bei Thomas Mann schlafen die Leser heute nach dem siebten Komma ein, laufen weg, kochen Graupensuppen oder beenden nebenbei über Facebook ihre Beziehung. Und da ist der erst bei der Hälfte des Satzes angelangt. Minimal bleiben. Punkte machen. Halten Sie sich ans kleinste aller Zeichen. Sie sind doch so eine Kunstpflaume: Pointillismus, sagt Ihnen das was?!»

«Sche!»,

hat der Schauspieler gesagt, mehr nicht, und jetzt kommt er auch noch zu spät. Sollte einmal ein Schauspieler nicht zu spät zum Interview kommen, verschiebt das sicher einen Baustein im inneren Grundgesetz der Welt und reißt sie folgenschwer aus dem Lot. Bergrücken werden zusammenstürzen, die Autobahnen zerbröseln, worauf der gesamte Verkehr auf die Schienen umgelegt wird, neue Schienennetze werden den Lebensraum des uckermärki-

schen Waschbären einschränken ... Wo bleibt der Fette bloß?
Da scheppert die Tür auf, aber es ist nicht der Schauspieler, sondern nur eine breithüftige Frau, die sich, alle Stühle mit ihrem Hintern touchierend, neben meinen Tisch parkt. Sie ist oft hier. An ihrem Arm hängt eine Forderung, eine ungerechtfertigte Glücksforderung an das Leben, die so dreist daherkommt wie Landidyllenzeitschriften. Eine Landidyllenzeitschrift mit dem Titel «Feld & Wiesen» hat mir tatsächlich letztes Jahr eine Mahnung geschickt für angebliche vier Jahre Abonnement, obwohl ich, solange meine Augen in ihren Höhlen kleben, keine einzige Seite irgendeiner dieser jämmerlichen Zeitschriften gelesen habe. Mit an Lähmung grenzender Gewissheit wusste ich, dass ich im Recht war, aber als ich den Brief in den Fingern hielt, schwarz auf weiß in einschüchternd seriösen Standardbürokratensätzen, sah ich schon vor mir, wie es weitergehen würde: die zweite Mahnung, Inkassobriefe, weitere Inkassobriefe, Klage, zischende Nachbarn auf dem Flur, Schulden, Angst vor der Haustürklingel, nicht mehr merken, dass man zum zweiten Mal dieselbe Sitcom-Folge sieht, zwei Monate Doppelkorn, Automatenspiele in Billardcafés, Asche auf dem Bettlaken, Bankrott, im Pyjama erhängt an einem staubigen Monitorkabel. Nichts war so wuchtig präsent wie die Gewissheit, dass ich bestimmt irgendwann irgendeine Schuld auf mich geladen hatte. Ich musste mich tagelang beruhigen, dass ich im Recht war. Ich bin nicht schuld, ich liege nicht falsch, sondern die Zeitschrift. Ich habe nicht reagiert, und es kam nie ein zweiter Brief. Einmal blätterte ich dann beim Zahnarzt in «Feld & Wiesen» rein. Die Artikel waren

unerträglich, man wusste, was drinstand, nachdem man den Titel gelesen hatte. «Knospensprießen im Bauerngarten», «Traditionelles Schmalzgebäck und herzhafte Aufläufe», «Landgasthäuser – Urigkeit und Familiensinn». Der Typ ist eine halbe Stunde zu spät.

Am Arm der Frau hängt eine Forderung, nein, genauer betrachtet ein kleinerer Arm, der zu einer Forderung führt, die rotzdreist ist, dreister als vier Jahre Heimwerkerzeitungskosten, Sie könnte Lotta heißen. Lotta, das sind dreißig Kilo ungerechtfertigte Glücksforderung an das Leben, und ich weiß, wie solche Kinder entstehen.

Wenn die Zeit ihre Krähenfüße in die Schläfen krallt, wenn einem Alltagsmehl bis zu den Hüftknochen steht, der Rausch zum Räuschchen abebbt, immer rinnsaliger wird, bis das Tropfen des Wasserhahns ihn übertönt und dann plötzlich klar ist, dass der Klempner kommen muss. Und dann nimmt man sich den Dienstagvormittag frei, der Klempner klingelt und antwortet auf die Frage, ob er einen Kaffee wolle: «Ne, hab schon einen heute. Det drückt sonst so.» Wenn ebendieser Satz die größte Normabweichung der letzten zwölf Wochen ist und man darüber lacht mit dem Freund, mit der Arbeitskollegin und mit Anke und Rüdi, dann, genau dann entschließt man sich zur größten aller Anmaßungen, man kriegt ein Kind, dreißig Kilo Glücks- und Lebensforderung. Lotta selbst wuchert ganz unbedarft und schuldlos daher. Lotta lacht, grundlos, die Hoffnung ist noch nicht versaut. Ringel sollen her, Ringelstrumpfhosen um Lottas Beine. Jeden Morgen geht die Lottawelt neu auf und ist rund und rosig wie die Lottabacken. Und das alles ist für Mama und Papa ein Sinnersatz, für den man das Alltagsmehl zu einem Apfel-

Ingwer-Kuchen backen kann. Ich weiß auch, wie sie Lotta zusammengemanscht haben. Du hörst das Grunzen und riechst den Bettwäschenmuff, wenn eine Lotta gemacht wird. Und dann steht Lotta da und kann nichts dafür. Lotta und Mama setzen sich gerade, als er hereinkommt. Nach einer umständlichen Entkleidungszeremonie schwappt er dann endlich in den kühltruhengroßen Cordsessel. Ich lüge:
«Nein, die paar Minuten, das ist wirklich kein Problem. Es gibt hier guten Kaffee, und als Journalist ist man ja froh, wenn man mal eine Minute zum Atmen hat, nicht?»
«Ach, ja.»
Er glaubt mir, oder es ist ihm egal.
«Mögen Sie Kinder?»
«Wie bitte?»

ROBERT. STRAWBERRY FIELDS. Beschattet von einem Brotfruchtbaum, sitzen wir im Halbkreis um Lennart, der sein Didgeridoo hochhält und in zähen Sätzen dessen Bauart erklärt. Die Luftfeuchtigkeit hier könne sein empfindliches Inneres zersetzen. Ditschäridüü. Das Instrument passt herrlich zu ihm, sein eierndes Sächsisch klingt selbst fast wie eines dieser Viecher. Ich greife nach meiner Tasche, die an einem Haken unter einem Schild mit den Worten «no children! just children!» hängt, und baue einen Joint zur Gegenwehr. Ich hätte eigentlich kein Gras kaufen müssen, denn Shrivatni legt fast täglich eine faustgroße Knolle in eine Schale neben dem Obst auf den Frühstückstisch. Als ich die Tüte geraucht habe, merke ich, dass das meine Situation noch intensiver und auswegsloser macht. Ich kann Lennart jetzt kaum richtig anschauen.

Er beginnt, ins Didgeridoo hinein zu beatboxen, und ich würde ihm das Ding am liebsten in sein Wieselgesicht rammen. Es wäre das schönste unter seinen diversen Piercings. Seine Augen, Wangen und sein Kinn bilden ein Dreieck der Verlogenheit. Jede Falte, jede Pore verraten seine feste Absicht, so auszusehen, dass man denkt: Der Mann ist aber asketisch und gegerbt. Und dann guckt er – man weiß nicht, ob er das will oder ob er nicht anders gucken kann –, hantiert mit seinem Didgeridoo rum und predigt, als erkläre er die Rechenschritte zur Weltformel oder die Wegbeschreibung fürs Parinirvana. Gregory versucht einen Kopfstand, heult kurz auf und fällt um. Lennarts Nasenringe klimpern, während er weiter ins Didgeridoo schnaubt, und er sieht dabei aus, als hätte ihm jemand den Inhalt eines Nähetuis in sein Gesicht gelötet.

Im Weggehen mache ich Atemübungen, weil mich das alles so aufregt. Am liebsten würde ich Lennart in seiner Hütte annähen oder antackern. Noch nicht einmal meditieren könnte er. Verkrampft stünde er da, gerade genug Bewegungsfreiheit zum Zittern. Vermutlich würde er selbst das dann noch als besonders bewusstseinserweiternd verkaufen.

«Ohm, hey, im Stehen meditieren – das ist das Beste für den Energiefluss: stetige Spannung, ganz aufrecht und wie ein Baumstamm gen Himmel.»

SCHÜTTLER. BERLIN. Unser Raum. Blütenrotz an den Fenstern, die Sonne duckt sich hinter die Giebelreihe gegenüber, blinzelt noch ein- oder zweimal rostfarben herein. Ronnie hat es geschafft, das Zimmer in einer halben Stunde neblig zu qualmen. Mirko hat Champagner mitgebracht, um den Erfolg zu feiern. Den Korken lässt er in seine Hand ploppen und dann auf den Briefberg fallen, wo dieser in kleinen Schlangenlinien talwärts rollt.

«Warst du bei der Druckerei, Ronnie?»

«Logobello. Hier!»

Aus der miefigen Tiefe einer gigantischen Plastiktasche mit den gerade noch erkennbaren Resten eines Tennis-Borussia-Emblems wühlt Ronnie ein Paket hervor und wirft es auf den Schreibtisch.

«Was ist das?»

«Wartet! Also, Mirko hatte die Idee, dass wir allen Briefeschreibern antworten. Ich meine, wir haben jetzt etwa zweitausend Adressen von explizit schuldig zu sprechenden Hipstern.»

«Das ist akuter Handlungsbedarf.»

«Ja, Mann!»

«Wir schreiben: Berlin hasst dich!»

«Zu direkt.»

«Du bist zu hip, Hipster!»

«Da können wir ja gleich schreiben: Die hippen Jahre sind vorbei!»

Mirko kichert, ich proste Roman anerkennend zu, Ronnie ascht in seine Sporttasche. Dann schweigen wir. Ich breche die Stille:

«Also eigentlich haben Ronnie und ich schon einen Spruch drucken lassen, weil wir uns sicher waren, dass er euch gefällt.»

Ein Champagnerkelch zerbricht. Ich öffne das Paket, werfe die Rechnung und einen Katalog auf den Briefberg und halte die erste Seite in die Höhe:

«Gauseil!»
«Richtich tittich.»
«Und das zweite Paket.»
Ronnies Oberkörper verschwindet in der Tennis-Borussia-Tasche. Als er wiederauftaucht, fördert er ein weiteres Paket zutage.
«Wat is'n drinne?»
«Nur Geduld. Unser nächster Angriff trifft ...»
Neben dem riesigen Chromkühlschrank hinter mir hängt die große Berlinkarte. Mit pinkem Textmarker hat Mirko die Brennpunktareale, die akuten Krisengebiete eingezeichnet, mit gelbem die teildurchwucherten, von Szenemongos bedrohten Gegenden, mit hellblauem die gemäßigten Kieze, die vereinzelte Fälle von Vorreiterszenemongos aufweisen. Auch ein paar Kugelschreiberkreuze sind auf der Karte, von denen ich vermute, dass sie Immobilien bezeichnen, die Mirko erstehen will, vielleicht sind es aber nur Wohnungen von Exfreundinnen und Gläubigern, denen er ausweichen möchte. Oder vielleicht fand er einfach, dass sich Kreuze neben den bunten Flächen gut machen. Meine Schuhhacken quietschen, als ich mich zur Berlinkarte umdrehe. Das Spiel beginnt, mir unerhört zu gefallen! Der schwelgerische Genuss am Überzogenen, das Pathos. Also drehe ich mich ganz langsam um, kratze mir pompös den Nacken, ein ernster, zielstrebiger Stahlblick. Dies ist der lodernde Anfang einer großen Mission, meine Gesten schwimmen im Schleim übersteuerter Theatralik, und ich fühle mich großartig dabei! Roman schraubt am Objektiv, und wir grinsen.
«Unser nächster Angriff trifft ... Prenzlauer Berg.»

Mirko stöhnt, Roman runzelt die Stirn, Ronnie ascht auf den Teppich, ich sage:
«Ja.»
Ich sage:
«Ja, ja, ja. Sicher, die Brenzligkeitsstufe in Neukölln und Friedrichshain ist weit höher, Kreuzberg braucht uns auch, und in Prenzlberg ist nur noch wenig zu retten. Aber dort sind sie verletzlicher. Die haben alle Kinder, kleine Trendkinder. Den ganzen Helmholtzplatz stellen sie mit ihren Trendkinderwägen voll, es gibt die mittägliche Ökolimonade, Einmachgläser mit Brei, und die Alkis haben kaum noch Platz, ihre Bierdosen abzustellen. Abartig.»
Ronnie rüttelt sich nickend zurecht. Er hebt zustimmend seine krallige Hand.
«Ja! Neulisch erst. Da so ums Eck inne Pinte jewesen, ick und paar Heber, paar Krätzer, nur jute Jungs, nur ne Pilsette kurz – allet klärchen, allet öhke. Denn kommt so eener rin mit Russenfellmütze und Jutebeutel und allet. Ick kieke den an und sach: Spitz ma dein Hörwerk, Freund Neese, kleiner Tipp am Rande: So ne Mütze kannste nur tragen, wenn de entweder rischtier Russe bist oder wenn dir ne Stuker ann Kopp jeflogen ist. Der: ufjestanden, abjezeckt. Den war det schon klar, dasser wat falsch macht mit seine Mütze, mit sein Leben, mit allet.»
Roman feixt. Das ist die Sorte von Geschichten, für die er Ronnie liebt.
«Genau, Ronnie. Aber Anpöbeln allein reicht nicht. Wir müssen sie tiefer verunsichern. Ganz tief. Deswegen müssen wir über die Kinder gehen.»
Mirko hebt seinen Finger zur Meldegeste.

«Neulich hatte ich einen guten Plan: Also, es ist ...»
Er hält inne, zögert, verliert an Körperspannung und setzt wieder an.
«Wo war ich? Mja, der Plan. Es ist so: ...»
Mirkos Hand holt zu irgendeiner Bewegung aus. Er stoppt und fragt:
«Wo war ich?»
Mirko legt die Stirn in Falten, dann den Kopf in die Hände, summt kurz und schreckt wieder hoch:
«Äh, nun, ach, ja. Es ist so: Wir könnten ihre ohnehin zu engen Hipsterhosen austauschen gegen noch engere Hosen, die die sich dann anziehen und plötzlich merken, wie wunderbar so ein leichtes Erstickungsgefühl doch ist, und dass ein Röchellaut zwischen den Sätzen *der* neue Szene-Sprachfehler überhaupt ist. Nacht für Nacht würden wir engere Hosen einschleusen in die Hipsterschlafzimmer und die Hipsterbedarfsläden. Dann würden sie nacheinander kollabieren. Enger nähen ist kein Problem, mir schuldet da eine Schneidereikette einen nicht ganz unwesentlichen Gefallen, ich will das nicht näher ausführen.»
Ronnie pafft verwirrt. Roman schmunzelt. Mirko gibt zu:
«Ja, ich weiß, ist Unsinn.»
Ich komme ihm zur Hilfe:
«Wo war ich? Wir müssen über Kinder reden, ich meine über die Kinder gehen.»
Nachdem damit eine Spur von Kindergeburtstagsflair im Raum steht, reiße ich das Paket auf, unterschwellig nervös, schaue erst auf das Blatt, dann in die Gesichter und dann wieder auf das Blatt und lese in feinstem ZDF-Ernst:
«‹Bitte um Mithilfe! Letzten Sonntag hat jemand am Zions-

kirchplatz meine Tochter Leila beim Spielen sexuell belästigt. Ich habe ihn nur von weitem sehen können. Gesucht wird ein Mann: Körpergröße etwa 1,70 bis 1,85 Meter; Alter etwa siebenundzwanzig bis vierzig Jahre; Haare braun, mittellang; Körperbau sehr schlank; Kleidung: Röhrenjeans in Aubergine, Karohemd, Parka, auffällige Brille, vermutlich Horn; ein Schnauzbart. Schützt eure Kinder, haltet Ausschau, Hinweise an …› Schlecht nicht echt, ich meine echt nicht schlecht.»

Roman wippt vor und zurück:

«Wirklich nicht schlecht. Aber ziemlich geschmacklos.»

Ich fahre dazwischen:

«Ja, klar! Aber nur, weil sie uns mit ihrer Geschmacklosigkeit dazu zwingen. Und einen Artikel kann ich auch gleich drüber schreiben.»

«Trotzdem geschmacklos, aber konsequent, verdammt konsequent.»

«Ja! Sie werden sich zusammenrotten und nachts Wachen abhalten und alle verdächtigen, ständig auf der Suche nach einem Phantom ihrer selbst. Es wird herrlich. Irgendwann werden sie ausrasten. Ich habe da tolle Bilder im Kopf: Lynchjustiz beim Latte Macchiato. Und dann sind wir nicht schuld daran, weil die Aggression, die Aggression, ich meine, die Wurzel der Brutalität, die stammt aus ihnen, aus ihnen allein.»

ROBERT. STRAWBERRY FIELDS. An einem Abend, kaum weniger heiß als der soeben weggedämmerte Tag, sitze ich wippend auf dem Sprungbrett an der Tanzplattform. Hinter mir wiegen sich rhythmisch die Leiber, wie fast jeden Abend.

Zuerst fand ich diesen Tanzstil ziemlich abgedreht, aber heute genieße ich seine Vielfalt und will ein Teil davon sein. Neben mir hockt Gregory, der Assoziationsketten mit wüsten logischen Sprüngen aneinanderreiht, ohne dabei aber zu vergessen, sich nach meinem Sonnenbrand von vorgestern zu erkundigen. Ein seltsamer, koboldartiger Israeli mit seinen seitlich abstehenden Haaren und Ziegenbart und knarziger Stimme, mit der er Verwirrung verbreitet. Aber er ist vor allem von umwerfender Herzlichkeit, seine rotwässrigen Augen glühen vor Lebensfreude. Man will ihn nur ansehen und hin und wieder umarmen. So habe ich mir immer Karlsson vom Dach vorgestellt, nur dass Karlsson bestimmt nicht dauernd kifft und sicher auch chemischen Drogen nicht so zugeneigt ist.

«Did you know, I am getting chased, I am wanted! People hunt me. Like Billy the Kid!»

«You *are* Billy the Kid!»

«Yeah, I know.»

Wir betrachten von weitem, wie am Rande der Bucht Eddy und eine der Finninnen gemächlich vögeln, und Gregory erklärt mir, dass er tatsächlich gesucht wird. Nicht wegen eines Verbrechens, sondern von einer Rückholagentur. Solche Agenturen bringen junge Israelis, die sich nicht mehr zu Hause melden, im Auftrag ihrer Eltern aus Indien und Thailand zurück nach Israel. Die meisten treffen sie mit drogeninduzierten Psychosen in irgendwelchen Strandhütten vor sich hin dämmernd an, andere finden sie wohlauf. Gregory habe den Typen von der Agentur in Pondicherry gesehen, ihm gewinkt und ihn angelacht, dann sei er mit Eddy ohne Gepäck direkt zum Flughafen geflüchtet, sie haben irgend-

einen Inlandsflug genommen und kamen so auf die Andamanen.
Beppo kommt lachend und keuchend angerannt, er hatte Eddy und die Finnin mit Kieseln abgeworfen.

SCHÜTTLER. BERLIN. Während sich alle betont gelassen in ihre Bürostühle fallen lassen, wage ich einen Rundschwenk durch die Redaktion. Früher hätte ich sehr aufregend gefunden, wie wichtig und geschäftig man hier ist, immer auf Draht, die Fühler überallhin ausgestreckt, und die tippenden Finger rattern im Kampf um Geschichten. Wie man hier Zeitung macht, Meinung macht. Wenn ich meine Kollegen einzeln zu lange ansehe, verspüre ich einen gewaltigen Drang, ihnen Gegenstände von ihren Bürotischen ins Gesicht zu werfen. Diese Ungestalten.
Der Einzige, den ich länger als einen Kaffeeschluck ertragen kann, ist Simon, unser Reisevogel. Immer wenn wir zusammen essen, schwappt etwas von seinem Unterwegssein zu mir herüber und hüllt mich in Leichtigkeit. Aber eigentlich ist er, obwohl immer sehr aufmerksam, nie ganz vollständig anwesend: Seine Füße scheinen immer noch am Fuße des K2 zu stehen, in Gedanken nimmt er schon den Boardingpass für Ulan Bator über Frankfurt und Moskau entgegen. Doch das macht nichts. Er besitzt die Eleganz, als Vielreisender nicht gleich die Statussymbole der Backpackerpest zu übernehmen, er trägt zwar einen leichten Bart ums Kinn, aber einen Bart mit Form und Klasse und längst verloren geglaubter Eleganz, nicht so einen Messner-Wald. Auch läuft er nicht dauernd in bekloppter Funktionskleidung herum, er weiß sich klimagemäß, aber stilvoll zu kleiden.

Ihm fehlt selbst der übliche Hang zu Anekdoten, wie man auf Koh Phi Phi jenen einäugigen Ex-Insassen eines chinesischen Todeslagers traf und das wässrige Pissbier getrunken hat. Er ruht in sich und erzählt ab und zu eine unglaubliche, nie platte Geschichte in versonnenem Ton. Und er kann schreiben, emotional, aber nicht kitschig, spannend, aber ohne Thrillermist, rhetorisch, aber ohne Pointenzwang, sein Stil passt zu unserer Zeitung und klingt doch wie eine Stimme aus einem anderen Raum. Ein herrlich erträglicher Mann.

Dann sitzen alle. Und Wieland stützt sich mit je zwei Fingern auf den Tisch, als sei er Napoleon vor der Europakarte. Mir zieht es in den Rippen, ich ahne, was nun kommt, und er tut es. Wieland reißt seinen Oberkörper hoch und hält eine Schlachtrede. Ich weiß nicht, wie oft er eine Line zieht. Das kann man bei ihm schwer einschätzen, aber heute muss es viel gewesen sein. Er teilt die Redaktion in der Mitte.

«Ihr für die Ossis, ihr für die Wessis, klar?! Schermin, Sie sind doch Ossi, nicht? Leute, nur noch vier Tage bis zum Einheitsjubiläum. Wir brauchen Promistimmen, Promistimmen, Promistimmen! Schöne Storys für Wasser in den Augen, und zwar nicht die Grütze, die schon alle kennen, sondern neue, pralle Promiwendestorys. Ich will, dass ihr telefoniert, bis die Kabel brennend aus der Deckenverkleidung fallen. Heute Abend steht das ganze Wendeheft. Keiner verzieht sich in sein Aquarium, alle arbeiten im großen Raum. Und wehe, wenn mir hier einer mit so was wie Kader Loth ankommt! Außer sie war damals gerade in der plastischen Chirurgie – das würde ich bringen. Ihr wisst Bescheid. Hopp, hopp und noch ein Hopp!»

Wir machen uns an die Arbeit, erfreut oder verärgert. Was Wieland jetzt schon wieder gebracht hat, ist sogar den ganz Stumpfen klar. Mit langen Schritten umzirkle ich die dicke Ulrike und haue Simon auf die Schulter.
«Der Wieland ...»
Simon antwortet mit einem Schmunzeln und setzt sich an einen von drei freien Tischen im Großraumbüro, ich stelle mir einen Stuhl daneben. Bei Simon bin ich sicher, auf keinen Fall ertrage ich einen debilen Schmierfink im Parka wie Nussi, der dauernd seine Freundin anruft, oder Stiefel-Schermin, der heute humpelt und unerträglich witzig aussieht, wie er in Richtung Fahrstuhl wackelt. Aus meinem Schmunzeln bricht mir ein stilles, ehrliches Lachen hervor, und ich nicke Simon zu, aber der winkt gerade Rüdiger herüber, dessen Existenz sich als Klatschratte im Karohemd zusammenfassen lässt. Er platziert seinen Laptop direkt auf meinem Tisch und setzt sich auf den Stuhl dazu. Also. Lächerlich.

ROBERT. STRAWBERRY FIELDS. Auf der Suche nach meinen Flip-Flops streife ich zwischen den Hütten umher, als mir Luca aus dem Vorhang einer Tür entgegenstolpert. Mit den Fingerspitzen ertaste ich die Form meiner Haare und strubble sie ein wenig zurecht. Vor einer Woche habe ich den Spiegel in meiner Hütte zerschlagen, um daraus ein Mosaik zu bauen. Das Witzige ist, dass ich, seit ich keinen Spiegel mehr besitze, immer das Gefühl habe, ich würde wie mein jeweiliger Gesprächspartner aussehen. Wenn Eddy Ausschlag hat, denke ich, ich müsse meine Haut vor der Sonne schützen. Wenn ich mit Freddy rede, denke ich, dass ich alt geworden bin. Aber fast immer denke ich, dass ich Luca bin. Dass wir eins sind, ohnehin und überhaupt. Dass sie intuitiv gut ist, intuitiv richtig ist. Wenn wir über eine Band reden, und ich kenne die Band nicht, dann weiß ich, dass ich sie mögen werde, weil sie sie mag. Und selbst wenn ich die Band kenne, aber nicht mag, dann ist klar, dass ich sie nur noch nicht oft genug gehört habe, um ihre Großartigkeit zu erkennen. Lucas Geschmack liegt deckungsgleich über meinem Geschmack, weil Lucas Wahrnehmung meine Wahrnehmung ist. Anders herum ist es genauso. So unerträglich wunderbar macht das aber erst die Tatsache, dass es nicht von außen kommt, sondern kilometertief in ihr Innerstes eingraviert ist. Den äußeren Umständen nach müsste sie nämlich ganz anders sein, weil ihr Leben so anders lief als meins. Mit sechzehn ist sie ausgezogen. Zu Hause ging es nicht mehr. Türen zitterten im Rahmen, Küchengeräte fanden sich zerbrochen und zersplittert auf dem Boden, und alle schämten sich für die Worte, mit denen sie die anderen verletzten, konnten aber nicht anders. Ihre Eltern, von denen sie zwar in liebenden Tönen redet, Herzensgiganten, waren und sind einfach nicht wie sie, verstanden nie ganz, wo sie sich befand. Wie sollen es Menschen zusammen in einer Wohnung aushalten, wenn sie in verschiedenen Sonnensystemen leben? Jetzt steht sie vor mir.

«Aha, der schleichende Lump!»

«Was, bitte?»

«Richtig gehört, schleichender Lump»

«Ich dachte nur. Was hast du denn gegen ...»

«Nichts, eigentlich nichts. Aber du sollst hier nicht so rumscharwenzeln.»

«Wieso? Hast du was zu verbergen?»
«Hast du was verloren?»
«Öhm ...»
«Na, lass dich doch nicht so schnell ärgern, nimm mich nicht so ernst, kleiner, verletzlicher Lump.»
«Ja, nur, weil ...»
«Lumpenlump, du sollst mich doch nicht so ernst nehmen. Komm schon her!»
Es tut mir wohl, in ihrer Hütte zu sein. Sie hat sich umgezogen. Sie küsst mich. Wir sind nicht füreinander geschaffen, niemand ist füreinander geschaffen, so was ist Unsinn. Wir sind einfach nur eins.
«Es gibt da so ein paar Dinge. Mit dem Besitz und dem Verzicht und so – das wird dir sicher nicht leichtfallen die erste Zeit. Aber wenn du dich drauf einlässt, wird es zu etwas total Besonderem.»
Dabei lächelt sie wieder, ein Lächeln wie tausend Schauer.
«Du siehst das ja wie wir, eigentlich. Es wirklich zu leben ist etwas schwerer.»
In Deutschland warteten wir einmal unruhig auf den Nachtbus und sprachen über Besitz. Wir kannten uns noch kaum. Die glänzenden Mittelklassewagen der betrunkenen Wohlstandskinder bogen aus den Vorstadtsträßchen, glitten vorüber und verschwanden ins Dunkel. Wir waren auch Wohlstandskinder, sicher, aber wir lachten laut über sie und uns, und einen Moment später lag schon wieder Ernst in der Luft, eine angenehme Ernsthaftigkeit und Vertrautheit. Wie ein warmer Klumpen spürte ich die Aufregung in meinem Bauch, jene Aufregung über das, was man dem anderen noch erzählen will, die Vorfreude auf das, was man noch fragen will.

Und jetzt merke ich, was sie meint. Denn wir sind nicht mehr allein. Erst sehe ich den durch den Vorhang tastenden Arm, dann den Kopf. Lennart schält sich in die Hütte. Im Augenwinkel nimmt er Notiz von uns. Luca lächelt schief. Besitz. Das mit dem Besitz. Wie ein Burgherr lehnt sich Lennart in den Türbogen. Bambusknacken. Unsicher putze ich an meiner Brille herum, dehne meinen Rücken. Lennart wischt sich über die fettige Stirn.
«Ohm, du, pass mal auf, also zu ‹Tarantula› ...»
Affe. Klar, ich hatte auch gleich daran gedacht, «Tarantula» zu erwähnen, nur kurz, weil mir nichts Besseres einfiel, weil ich irgendetwas sagen und so tun wollte, als sei diese Begegnung nicht so schlimm, nicht so grauenhaft, weil ich ihn gern an die Wand diskutiert hätte, bis er betreten zu Boden schaute und dann auf einem Boot übers Meer davonführe, für immer. Na ja, ich hätte zumindest gern weiter gegen ihn argumentiert, weil Luca meine Position sicher besser gefunden hätte. Aber dann war es mir fast zu blöd.
«Was ist denn noch mit ‹Tarantula›? Noch mal das Baba-Argument? Erzähl es ruhig noch mal, wenn dir das guttut.»
Meine Stimme schlackert. Ein Affenkreischen aus den Mangrovensümpfen. Lennart macht einen Schritt auf mich zu. Sein Blick ist starr vor Ärger.
«Mann, Robert! Ist das flach von dir! Ich habe gedacht ...»
Plötzlich liegt je eine Hand auf unseren Schultern. Wie ein Stein. Die Hand gehört zu einer seltsamen Gestalt, winzig, unbehaart, bäuchig, und seine Haut ist überzogen von Ornamenten aus Aschefarbe oder Ton. Der Mensch ist so dunkel, dass ich ihn im Schwarz der Andamanennacht kaum erken-

nen kann. Seine blutroten Augen fixieren mich erfreut. Luca lacht ihn an.

«Darf ich vorstellen, das ist Ebay!»

Ebay setzt sich Luca, die im Schneidersitz neben uns kauert, auf den Schoß und umschlingt sie.

«Gid-dig. Ebay ist ein Jarawa. Die begrüßen sich so, die begrüßen jeden so. Dich auch, Achtung!»

Ebay umschlingt meinen Hals mit beiden Armen, hüpft an mir hoch und schlägt seine Beine um mich. Ich freue mich. Ich habe Angst.

«Gid-dig-gid-dig. Ebay mag dich, Robert.»

Er lässt von mir ab, springt zu Boden. Als ich seinem nackten Körper und seinem schwingenden Gang nachsehe, er geht nur auf den Zehenballen, erklärt mir Luca, dass die Jarawa früher immer nackt gewesen seien.

«Vielleicht waren es auch die Onge. Zumindest haben die Inder sie irgendwann gezwungen, ihre Penisse mit Stofffetzen zu bekleiden.»

Ich sehe ihn auf der Plattform kreisend tanzen, dahinter, über dem Meer, beginnt schon ein Morgen zu dämmern.

SCHÜTTLER. BERLIN. «Schüttler! In mein Büro!»

In mein Büro – meine Fresse, Wieland hat auch gar keine Angst vor seinem eigenen Klischee. An meinem ersten Tag hier hat mich am meisten fasziniert, dass Wieland nicht nur seinem Klischee sehr genau entsprach, sondern es mit jedem Satz und jeder Geste weiter intensivierte. Er wollte der boulevardchefredakteurhafteste aller Boulevardchefredakteure sein, und er schien alles dafür zu tun: Eine zu teure Uhr am Handgelenk, die Füße auf dem Tisch, immer rumblöken, niemanden ausreden lassen, sexistische Witze, nur schöne Praktikantinnen, Rauchen, Tränensäcke, Wutausbrüche samt dem Werfen beweglicher Gegenstände jeder Art, Arroganz, Abgebrühtheit, etwas Pseudoweltmännisches – Wieland kannte alle Tricks und feilte scheinbar daran, sie klischeegerecht zu benutzen und bunt zu variieren. Es ist eine unerträgliche Freude, ihm zuzusehen.

«Herr Wieland, was kann ich für Sie tun?»

«Sülzen Sie nicht so blöde, Sie haben keinen Grund dazu. Das Schöpfing-Interview.»

«Ist toll geworden, nicht? Was glauben Sie, wie lange ich den Mann bearbeiten musste, ist 'ne helle Gestalt, bis ich da ein einziges indiskretes Wort rausbekommen hab. Ich musste danach mein Hemd wechseln.»

«Einen Scheißdreck, Schüttler, einen Scheißdreck! Wir sind hier gewitzt, aber wir sind keine Betrüger. Heute Morgen, ja, heute Morgen, noch vor der Konferenz ruft bei mir ein Klaus Schöpfing an und droht mir. Droht mir. Was alles passiere. Welche Kontakte er habe. Dass es einen Deal gegeben habe und der nicht eingehalten worden sei. An seinen Worten sei rumgepfuscht worden.»

Die Textredaktion vermutlich. Ich habe es weitergegeben, aber nicht mehr kontrolliert.

«Herr Schüttler, ich will keine Entschuldigung von Ihnen, wirklich nicht. Ich bin lange genug im Geschäft, um zu wissen, was da gelaufen ist, um zu merken, wie Sie hier rumbummeln und rumpfuschen. Aber Sie, Sie machen sich hier keinen Lenz! Wenn ich noch ein einziges Mal mitbekomme, dass Sie es sich auf Ihrem Hintern bequem machen, dann hat es sich hier ausgeschüttlert.»

«Herr ...»
«Raus jetzt! Und eins noch: Wenn ich heute Abend keinen brennenden Artikel von Ihnen auf meinem Schreibtisch habe, haben Sie eine Kündigung auf Ihrem.»
Kündigung auf Ihrem. Das ist kein Führungsstil, das ist Verzweiflung. Wieder in meinem Büro, schnaufe ich durch, lege meine Stirn an die kalte Glasscheibe. Wieland ist weg. Ein Kribbeln im Nacken. Dann schaue ich runter auf die Straße. Einzelne Leute schauen auch rauf, aber niemand kann viel erkennen. Bürogebäude aus Glas sind etwas Unsinniges: Sie unterstellen eine immer sichtbare Geschäftigkeit, aber sie wirken tatsächlich meistens verloren mit ihren unbesetzten Schreibtischen und leeren Konferenzräumen und der Putzfrau, die apathisch aus dem achten Stock starrt. Wie dieser rundum verglasten Wohnquader auf Stelzen nah dem Fox River, über den ich mal geschrieben habe, der nichts als hundertvierzig Quadratmeter transparentes Wohnzimmer enthält, einsehbar von überall. Jeder kann auf die Einrichtung gaffen und sehen, ob etwas im Haus passiert, obwohl nie etwas geschieht. Es ist wie die Realityshows, die ungeschminktes Leben zeigen wollen, aber nur die völlige Abwesenheit alles Lebendigen zur Schau stellen. Beim diesem Haus verrenkten sich Wochenendspaziergänger im Vorbeischlendern ihre Hälse, Vögel zerbrachen sich die Schnäbel, wenn sie gegen die Scheiben flogen, nachts linsten die Kojoten hinein, und die Besitzerin Edith Lakworth stand oft verloren davor und sah auch hinein in das seltsame Terrarium. Sie hasste das Haus.
Dann löse ich mich von der Scheibe, verlasse die Redaktion

und fahre los. Um zu recherchieren im belanglosen Muff des Lokaljournalismus. Im U-Bahnhof tanzt ein Penner zur Lautsprecheransage.

ROBERT. STRAWBERRY FIELDS. Ziemlich betrunken, nicht bis zum Kotzen, aber reichlich beseelt, liege ich in meiner Hängematte und denke, dass ich ein Jarawa sein möchte. Ebays nussbraune Augen und das spitze Kinn, die Bastfadensträhnchen als Halsschmuck. Und sonst vom krausen Schopf ab unbehaart und nackt, nur ein schärpenartiges Band aus Rinde vom Nacken bis zur Hüfte. Dazu die Bemalung, deren Farbrezeptur andeutungsweise nach Eisenoxid und Schweinefett riecht. Auf seinen knapp anderthalb Metern wirkt Ebay geschmückt, aber nicht feminin. Kleine Schuhe sehen ja auch immer besser aus als große.
Alles, was er über die Jarawa wusste, habe ich heute Nacht noch aus Shrivatni gesaugt. Auch den alten Freddy und Luca und Gregory hab ich ausgequetscht und bin zu dem Entschluss gekommen, dass die Jarawa ein ganz wundervolles Volk sind, die besseren Menschen sozusagen. Wie naturverbunden sie mit Hilfe riesiger Blätter ihre Flöße antreiben, statt Öl ins Meer zu scheißen. Ihre Einstellung, nicht schnell zu arbeiten, nicht effektiv sein zu wollen, als kennten Sie unsere verhetzte Gesellschaft aus einem anderen Leben und würden bewusst das Gegenmodell leben. Es schüttelte mich vor Wonne, als ich von ihrem Zusammenleben hörte: Von den Mahlzeiten, die sie auf Steinen kochen, bekommt jeder den gleichen Anteil, die Alten, die Großen und die Kleinen. Weder gibt es zwischen Mann und Frau einen gesellschaftlichen Unterschied, noch kennen sie Privatbesitz. Es soll

noch andere indigene Stämme auf den Andamanen geben. Man kennt sie kaum, denn lange landete niemand auf den Inseln, weil es keine natürlichen Häfen gab, stattdessen Monsunwinde und heftige Regenfälle. Da sind die isoliert lebenden Sentinelesen, von denen man fast nichts weiß, die fast ausgerotteten Groß-Andamanesen und die Onge aus Süd-Andaman. Sie wurden von den Indern gejagt, von Krankheiten und falschen Segnungen der Zivilisation vergiftet und im Zweiten Weltkrieg von den Japanern bombardiert. Heute sitzen die Onge verfettet und lethargisch in ihren Dörfern herum wie das Klischee des faulen Sozialhilfeempfängers. Eddy hat mir Fotos gezeigt in einem verblichenen Geoheft von 1976, dessen Redaktion zu zwei Dritteln aus Menschen, die Peter heißen, bestand. Drei Onge, 1883, im Zoo von Kalkutta, wie sie hinter ihren Gitterstäben für Fotos posieren. Sie reißen sich für eine Rupie einen Büschel Haar aus und tanzen für Münzen.
Ich wäre gern ein Jarawa. Wie sympathisch ist allein ihre Zählweise: Von eins bis zehn zählen sie an den Fingern, und für alle Zahlen ab elf weisen sie auf ihre Haare. Mich im Wust meiner Gedanken verstrickend, mache ich dieses Zählritual in meiner Hängematte nach und falle heraus. Als ich mir den Sand aus dem Haar streiche, stehen Ebay und Beppo in der Tür und lachen mich aus, Ebay gackert mit einer sich schrill überschlagenden Stimme, Beppo grölt Oktaven dumpfer. Wobei ich nicht glaube, dass er eine Ahnung hat, warum gelacht wird.

SCHÜTTLER. BERLIN. «Ich denke, das ist deine Nummer. Du wunderst dich sicher.»
Eine flatternde Stimme, wie zitterndes Glas. Ich drücke sie weg. Ich hätte es wegdrücken sollen.
«Ich musste dich anrufen.»
Und dann ein Kinderschrei aus einem anderen Raum.
«Jetzt habe ich mich schon überwunden. Nach der langen Zeit und nach allem. Und du bist nicht da. Du kannst ja zurückrufen. Null, eins, sieben, neun, sechs, acht, sechs, fünf, drei, zwei, null.»
Tonlos. Fast eine Minute, in der ich nur das Grundrauschen höre, nur ein kleines Grundrauschen, sonst nichts. Aber eben auch kein Tuten. Und dann ein hinterhergeschobenes:
«Ja?»

ROBERT. STRAWBERRY FIELDS. Im nassen Sand sitze ich und warte auf das kleine Boot mit dem Ausleger, das mich zu dem Ausflug mitnehmen wird, den ich machen möchte, aber auch machen muss, weil Lennart heute wieder Didgeridoo-Unterricht gibt. Nach dem Sonnengebet habe ich meine Augen geschlossen, ins Morgenlicht über der Andamanensee geblickt und später das Bild aus der Erinnerung abgemalt. Das Motiv ließ sich, wie befürchtet, von Rothko nicht ganz fernhalten, letztendlich lag dann aber doch noch ein Netz goldblitzender Fäden dazwischen, in das ich einige Perlen klebte. Außerdem habe ich Kreide benutzt.
Und in dieser wabernden Glückseligkeit, jener urmächtigen Befriedigung, die den Künstler nach einer erfolgreichen Tat erfüllt, werde ich mich mit Eddy und Gregory auf eine unbewohnte Insel fahren lassen, um in verwunschenen Mangro-

ven LSD zu nehmen, fern von Lennarts unmusikalischem Geröhre. Wir waten zum Boot eines Ranchi-Mannes. Er hat Trinkwasser, Benzin und eine Machete dabei und weist uns Sitzplätze unterm Sonnensegel zu. Links von mir Eddy, die israelische Wiedergeburt Bob Marleys, der ausschweifenden Tablettenkonsum mit einem lustvollen Hang zu abendfüllenden Monologen verbindet, in denen man ihm immer wieder versichern muss, dass man ihn versteht und sich für ihn interessiert, bis er einen in den Arm nimmt:
«Man's hug, not gay hug. You understand? Man's hug. Not gay!»
Wir trinken Rum, der Ranchi am meisten. Eddy singt heiser gegen das Außenborderröhren an, und Gregory lacht in seinen Ziegenbart hinein, weil er im Fahren immer wieder aus dem Boot ins Wasser greift, um eines der in flackernden Schwärmen ziehenden Fischchen zu fangen, was natürlich nicht klappt. Also lacht er nur, und Ranchi lacht jedes Mal noch mehr als Gregory. Regenbögen in den Gischtspritzern.
Der Ranchi ist irgendwie ein Angestellter in Strawberry Fields. Vor einer Woche oder so hat mir das Mädchen, das aussieht, als ob es Justine hieße, erzählt, wie die englischen Kolonialherren die Ranchis einst als Arbeiter vom Festland aus Süd-Bihar, Orissa oder Madya-Pradesh auf die Andamanen holten, weil sie die besten Pfadfinder, Jäger und Forstarbeiter ganz Indiens waren. Ihrem Ruf verdanken sie, dass die Engländer sie in Scharen einschiffen ließen, sie hatten ein Bewerbungsschreiben, dessen Argumente die praktikasüchtigen Qualifikations-Spastis und Bachelor-mit-einundzwanzig-Wichte vor Neid zerfräße: Sie galten als baum-

stark, ausdauernd, unempfindlich gegen jede Witterung, schnell und furchtlos gegenüber Mensch, Tier und Meer. Pythons erlegten sie angeblich mit einem Keulenschlag, spießten sie auf, ließen sie trocknen und aßen dann ihr weißes Fleisch. Als ich den Ranchi nach der Pythonjagd frage, kichert er und schlägt mir freundschaftlich auf den Arm. Seine Schnelligkeit ist umso bewundernswerter, weil er alle paar Stunden einen Brösel Valium, das es, im Gegensatz zu Kondomen, auf dem Markt im Dörfchen gibt, aus seinem Beutelchen fischt und ihn sich zwischen die Zähne schiebt.

Wir legen vor der Insel an und platschen sinnlos herum. Als wir nach dem Baden einige Schritte durch die Mangroven wandern, finden wir den Ranchi wieder. Er konzentriert sich auf das, was er vor sich aufgebaut hat, eine Art Häuschen aus Drähten und Geäst mit einer kleinen Falltür, durch die – er hebt sie an – eine Maus gefallen ist.

«Cobra!»

«Ne, Ranchi, das ist keine Cobra.»

Und dann boxt er mich wieder und gönnt sich einen Valiumkrümel. Gregory teilt regelmäßig Plättchen LSD aus, außer dem Ranchi, der das ablehnt. Ich lege mir meines auf die Zunge, während wir in den Dschungel gehen.

Das erste Ungewöhnliche, das ich bemerke, ist das Entstehen einer sehr persönlichen Beziehung zu dem Baum, an dessen Fuß ich mich eben setze. Er scheint mir etwas hilfsbedürftig, aber auch aufgeschlossen. Ich sage dem Baum, dass ich ihn schön finde. Zum Zeichen meiner Sympathie gebe ich ihm ein wenig von meinem Wasser und betrachte mit frühkindlichem Interesse einen Tropfen, der langsam

durch die Rindenbahnen läuft. In diesem Tropfen leuchten die Regenbogenfarben. Mit geschlossenen Augen sehe ich Furthur, den magischen Bus, auf einer weiten Salzebene stehen. Das Day Glo und alle Neonfarben sind verblasst, und sein Rumpf ist von einer zweiten Haut aus Rost überzogen. Keine Türen, keine Scheinwerfer. Aus der alten Außensprechanlage recken sich verdorrte Äste wie Fingerknochen. Neben Furthur liegt die Leiche eines weißen Hasen, umrundet von silbernen Geiern. Und es ist niemand dort. Sogar die Geier nur Statuen. Dann zerschmilzt das alles in die Ebene und wird zu einer winzigen, länglichen Woge, die in Richtung Horizont treibt. Der Tropfen versiegt im Sand.
Später beobachte ich den Ranchi. Er zieht versonnen einen dünnen Draht durch das Rückenfell seiner Maus und bastelt dann einen Haken daran. Eine Zeitspanne später, die ich nicht so richtig einschätzen kann, hat er plötzlich eine Cobra an der Leine, die er zu sich heranzieht. Mit einem pfeilschnellen Griff packt er sie am Schwanz, wirbelt sie knackend und johlend durch die Luft, bis offenbar alle Wirbel gebrochen sind und die Schlange nicht mehr zuckt. Die ganze Rückfahrt schweigen wir.

SCHÜTTLER. BERLIN. «Alles, was wir wollten, war Ringelrei spielen.»
Elmo wühlt gierig durch seine Bartstoppeln. Weißwein macht wacher als Rotwein. So viel ist klar. Ich bin erschöpft. Erschöpft. Formmäßig bin ich heute nicht so ganz auf dem Dampfer. Aber das sind alles nur phasenhafte Schwankungen, Stimmungsintervalle. Wie beim Surfen, drei kleine Wellen, dann eine große. Wird schon.

Jemand scheint das komplette Lager eines Apple Stores über den Tischen ausgekippt zu haben. Der Großteil der Cafébesucher ist mittelunsympathisch, eher stylish als alternativ, sie pushen halt ihr Projekt, bleiben open minded, breit aufgestellt, aber alles im Rahmen der angebrachten Abgefucktheit. New Urban Lässigkeit meets Rotzkackcasual auf dem Seitenscheitel der Neoboheme, Baby. Am Nebentisch planen sie das Konzept für eine Energymarmelade auf Guavebasis, aufgemotzt mit Kokablattextrakten, keine Kartoffelstärke, Öko-Credibility: check. Wer Style hat, braucht keinen Geschmack. Als ich meinen Blick von dem Elend reiße, fällt er auf eine grausam geschmackvolle Spanierin – ich bin sofort ruhig und aufgekratzt zugleich –, eine von diesen Spanierinnen, die ständig irgendwo einfallen und stilvoll umherschauen und stilvoll meine Blicke weglächeln, der Blick fest, die Locken von überdurchschnittlicher Sprungkraft. Auch wenn sie Hipster sind: Was will man da tun?

Elmo will Rhabarberkuchen, was mich in allem bestätigt. Jemand, der Rhabarberkuchen bestellt, gehört bestraft. Es geht nicht um den Geschmack von Rhabarber, es ist sein Flair. Camparilicht über dem Helmholtzplatz, Camparirot, das die ostigen Häuser versüßt, die geleckten Fassaden charmant macht und in Elmos Gesicht Schatten zu einer verlorenen Zielstrebigkeit verformt. «Sie wollten nur Ringelrei spielen.» Das passt perfekt in meinen Artikel.

«Und dann?»

«Einfach nur Ringelrei spielen. Lenas Kleiner, der Frederik, die beiden von Robert und Inken und halt meiner, wir hatten diese Sandburg gebaut wie in …»

Elmos Mund verharrt plötzlich in einer halbspastischen Öffnung, den Blick auf den Eingang gerichtet. Ein paar Sekunden klappernden Cafétreibens brauche ich, um zu verstehen, dass er den Bengel meint, der jetzt schon am Tisch kauert, neben ihm der lächerlichste aller Versuche, ein kubistisches Porträt zu malen, den ich je gesehen habe. Drei Waschlappen und eine Rosine machen noch kein Gesicht. Der Bengel: Röhre, Karohemd, Hornbrille. Gut, die Haare sind blond und nicht hellbraun wie im Steckbrief, aber es reicht. Elmos Mund gewährt einen Blick auf die Versiegelung seiner Backenzähne, dann schaut er mich mit konspirativ aufgeregtem Kopfnicken fragend an.

«Er sieht aus wie der auf dem Phantombild, auf dem Steckbrief. Der sieht genauso aus, nicht?»

Perfekt.

«Ja, doch. Obwohl. Na ... Ne. Nur Ringelrei, ja?»

«Ach, ja. Da sehe ich, wie hinten einer mit Enzo ins Gebüsch davongeht. Und ich denk erst, hey, das ist sicher der Vater von Enzo, aber dann fällt mir ein, dass ich mit dem neulich auf ein paar Montepulcis in der Weinerei war und dass der einen Iro hat und überhaupt vom Aussehen her ganz anders unterwegs ist. Da war mir gleich klar: Fuck, hier stimmt was nicht. Ich ruf, hey, du. Und da lässt er Enzo los und sprintet weg.»

Hass. Mein Blick verschwimmt, meine Schneidezähne stellen sich mahlend aufeinander, meine Finger krallen sich auf dem Tisch. Hass und Hass und Hass. Ich bin mir sicher, dass mein Herzrhythmus in diesen den ganzen Körper ausfüllenden Momenten des Hasses Wutkapriolen schlägt: Montepulciano zu Montepulci abzukürzen ist das Widerlichste, was ich an Verniedlichung je habe hören müssen. Ich weiß in diesem Moment nicht, wie ich noch weiter mit ihm sprechen soll, wie ich meine Souveränität, Professionalität, meine Rolle aufrechterhalten soll. Es ist grauenhaft, bis in die letzte Mikrofaser meines Hemdes ein einziges, gluttaubes Gefühl zu sein, und dabei starr wie Stein. Eine fast schon bequeme Regungslosigkeit. Wer ausgiebig hasst, hat keine Fragen mehr. Obwohl: Du, hör mal, Elmo, darf ich dir Batteriesäure in deinen Montepulci schütten?

«Ja, der sieht tatsächlich aus wie auf dem Steckbrief. Vielleicht sollte man ...»

ROBERT. STRAWBERRY FIELDS. Ich sitze mit Luca am Rande der Plattform, auf der heute ein Fest stattfindet. Eigentlich ist ja jeder Tag ein Fest hier, aber diesmal ist es noch mal anders. Ich glaube, heute ist Allen Ginsbergs Geburtstag oder Bicycle Day, oder Shrivatni hat einfach Lust auf eine psychedelische Sause. Der Projektor lässt einen Film auf dem aufgespannten Segel laufen: Horizontale Streifen flickern und flackern, ein Farbton zieht sich in die Vertikale und dann in einem dunklen Punkt zusammen. Beppo ist nicht zu sehen, aber ich verwette meine Hängematte, dass er später wieder Stroboskopexperimente machen möchte. Wenn der Strom für eine halbe Stunde ausfällt, setzen Jam-Sessions ein, die mich langweilen, weil ich das Grundrepertoire an Rhythmen kenne. Nur wenn einer ganz weit draußen ist, so weit, dass seine Pupillen den Mond fressen könnten, kommt etwas Neues, Wildes dazu. Aber dann zischt und surrt es, die Lampen klackern, und dieser gigantische Bass röhrt wieder auf. Shrivatni hat extra neue Platten bestellt, die Freddy am DJ-

Pult gierig in Empfang nimmt, um sein Tonabenteuer zu beginnen: Er spielt rückwärtslaufende Bänder in Loops, legt fließende Improvisationen dazu, teils atonal und arrhythmisch, schreddert eine knarzige Bassline darüber. Dann steht der Beat plötzlich glasfaserklar allein da und schießt in den Nachthimmel. Wie splitternder Sternenstaub. Jemand zieht Gitarrensaiten über eine Box.

Luca und ich sitzen uns gegenüber. Sie hat gerade eine halbe Stunde lang geredet. Ich hasse Plappermädchen, aber Luca ist keins. Sie hat einfach nur so lange geredet, weil ich sowieso dasselbe wie sie gesagt hätte, und ich habe nur deshalb nicht gesprochen, weil sie ja weiß, dass ich alles fast immer genauso sehe. Wir sind so schön schweigsam miteinander und wunderbar gesprächig, und alles ist noch viel schöner, wenn man als Silhouetten vor einer glatten, bemondscheinten Wasserfläche sitzt. Es ist das Beste aller möglichen Leben. Wir trinken Kingfisher Beer.

Ich besiege Luca viermal hintereinander im Daumencatchen.

«Luca, das ist doch nur eine schlechte Anmache. Du lässt mich gewinnen, weil du mir an die Wäsche willst.»

«Pf. Willst du provozieren, kleiner, lumpiger Lump? Da musst du dir schon was Besseres ausdenken.»

«Muss ich nicht. Das ist ja das Gute.»

Das Beste aller möglichen Leben. Wir trinken Kingfisher Beer.

Sie setzt die Flasche ab und sagt:

«Wusstest du, dass Gregory einen Bügelzwang hat? Neulich, da kam ich in seine Hütte, und durch die Schranktüren, die standen offen, hab ich ganz viele gebügelte Hemden gesehen, und dann war er hinter mir mit einem Bügeleisen in der Hand. Und ich lache, und er lacht auch, und dann erzählt er mir, dass er immer bügeln muss. Hier! Ich fand es schräg, aber noch schräger, dass er das verheimlicht.»

«Verdammt schräg.»

«Und dein Trip?»

«Ui, wow, bumbum.»

Hui, denke ich. Kaleidoskopisch war das gewesen. Ja, kaleidoskopisch. Da waren Pyramiden und Pyramiden in den Pyramiden, die zusammenschmolzen und sich verbanden. Es fühlte sich an wie unendliche Busen. Das kann ich ihr aber nicht erzählen, weil sie mich auslachen würde. Aber so war es gewesen. Wenn ich daran denke, bin ich fast wieder drinnen. Reines Glück und Wärme und Busen und Honig. Als hätte die Sonne hier geschienen. Dann wieder Kälte. Aber wie sagt man das?

«Ja, pf. In Pilzen, also, ich konnte in Pilzen wohnen und war befreundet mit einem alten Baum. So richtig Robert im Wunderland. Danach hab ich sogar Furthur gesehen.»

«War er süß?»

«Nein, eher schrecklich, und irgendwie tot. Das Beste war, glaub ich, die spirituelle Ebene, weißt du, auf der mir ganz, ganz klar wurde, dass, also, dass das hier alles eins ist, aber nicht auf die Art, wie du jetzt denkst, sondern anders. Das ist alles.»

Es ist ein ziemlich entspanntes Gespräch, finde ich. Weitestgehend zumindest. Luca provoziert mich oft ein wenig, ganz abgesehen von ihren Neckereien, mit denen ich inzwischen gut klarkomme. Wir benehmen uns sinnloserweise oft wie Konkurrenten, gerade weil wir ja ein und dasselbe sind, einatomige Molekülzwillinge im Dauervergleich. Was etwa Lässigkeit, den Erleuchtungsfortschritt, Surfskills oder den perfekt geformten Joint betrifft. Gut, ich verliere zwar fast immer, denn sie ist so jung ausgezogen und war gezwungen, ganz schnell zumindest ein bisschen erwachsen zu werden. Sie ist jemand, den man immer gern um sich hat, den man überall mit hinnimmt, der jedem gefällt. Klar, dass sie da bessere Joints bauen kann. Ich verliere wirklich oft, aber dann liebe ich sie noch mehr, so sehr, dass es fast ungesund ist. So soll mein Mädchen sein, genau so, und weil ich sie perfekt verstehe, wenn ich sie wäre, wäre ich ganz genauso.

Der Projektor ist auf ein weißes Segel über dem Wasser gerichtet – Shrivatnis Faible: ein Klecks Glutfarben und Zink und Säure, die miteinander reagieren und über das Dia jagen und mit kochendem Sperma übergossen werden.

Wir schlafen schnell und dreckig miteinander, später sind andere dabei, und es ist noch dreckiger. Meine Gefühle sind taub und gleichzeitig viel zu wuchtig: Ich bin enttäuscht, und dann flutet es mich um vor Glück, und ich weiß gar nicht, was ich fühlen soll, und versuche zu schlafen. Ich sollte. Irgendwann spüre ich noch etwas wie Angst.

SCHÜTTLER. BERLIN. «Wie ist dein Schlampenname?» Roman fragt das mit einem penetranten Lächeln. Wir sitzen auf dem Dach eines Parkhauses.

«Pocahontas Schmidt, das weißt du, Roman.»

«Nenn mich nicht Roman, ich bin Maunzi Zügler. Ja, ich weiß es. Aber du offensichtlich nicht, denn du hältst keine Form!»

Der Schlampenname – keine Ahnung, wo Roman das herhat – setzt sich zusammen aus dem Vornamen des ersten Haustiers und dem Mädchennamen der Mutter. Falls man kein Haustier hatte, genügt der Name des ersten Kuscheltiers. Wenn man gerade herumschlampt, muss man beim Schlampennamen genannt werden. Sonst auch manchmal. Meine Katze hieß halt Pocahontas. Man sollte seinen Schlampennamen mit Würde tragen. Da hat Roman schon recht. Sein Handy klingelt.
«Das Fernsehen, Moment, bitte.»
Mit weitschwenkenden Ausweichbewegungen manövriert sich Roman durch die tanzende Masse. Über allem grinst das Nichts. Das klingt ziemlich nach großspuriger Sprüchemacherei, aber ich bin ordnungsgemäß betrunken, und von irgendwas hab ich mich rühren lassen, ganz direkt, etwas aus dieser Umgebung und Atmosphäre hier. Sie haben lauter thronartige Sessel auf dem Dach verteilt, dazwischen Haufen von Elektroschrott wie kleine Ameisenhaufen – ganze Organismen aus Kabeln und Platinen, der freigelegte Motor einer Nähmaschine, ein Roboterarm wie ein Galgen, zersplitterter, silbriger Industrieschrott –, und jemand durchzieht unaufgeregten Deep House mit wirren Straßengeräuschsamples und taucht dann ab in einen Minimal-Beat, ein schwappendes Plopp von staubtrockener Eleganz.
Mein Leben lang schon warte ich darauf, Pinocchio zu treffen. Das wäre es. Mein Leben lang schon warte ich darauf, wegen dieses Pinocchio-Paradoxons: Was passiert wohl, wenn Pinocchio einfach mal sagt: «Meine Nase wächst gleich.» Würde sie wachsen, hätte er ja recht gehabt, und

genau deshalb dürfte sie nicht wachsen. Wüchse sie hingegen nicht, so hätte Pinocchio gelogen, und seine Nase wüchse dann doch. Und so warte ich mein Leben lang auf Pinocchio, damit ich ihn unter vorgehaltener Laubsäge zwingen kann, den Satz auszusprechen. Einfach weil ich sehen will, was dann passiert.

Die Aussicht von hier oben auf diese gefräßige, abartige, magische Stadt, der nichts heilig ist. Vorher habe ich mich ermahnen müssen. Ich bin kein Freund autogenen Trainings, aber es hilft manchmal, wenn ich mir leise zuflüstere: Ich bin glücklich, alles ist fett und geil. Etwas Wasser ins Gesicht, ein kleiner Wachmacher dazu, und diesen Satz in die Handfläche vorm Gesicht geflüstert, während man auf der Toilette kauert – das kann einen Abend drehen und hat mich auch heute rumgerissen, sodass ich wieder der Musik zuhöre, ohne irgendetwas zu wollen, und mit Blick auf die Dächer dem Alkohol langsam beim Wirken nachfühlen kann. Über allem grinst das Nichts. Das stimmt schon.

Magische Stadt hin, Aufregung her, hier spürt man es am meisten. Die Luft ist dick vom Nichts, die Straßenzüge voll, Hinterhöfe kochen über davon. Und die Gesichter! Das Nichts, in dem alle bis zu den mutiert herausstehenden Hüftknochen stehen und rauchen und warten. Wofür brauchen wir denn solche Massen von Wohnzimmerkneipen und namensoriginellen Veganercafés und klinkersteinernen S-Bahn-Bogendiscos und ungefegten Darkrooms und Spreeufer-After-Work-Schuppen und Mittelmaßbars mit sporadischen Karaokeanfällen und minderjährigenschwangeren Partykellern in Außenbezirken und touristengeplagten

Mainstreambunkern und Guck-mal-der-Fernsehturm!-mäßigen Dachterrassenbars und augustinergesponserten Afterhourclubs und nikotinzersetzten, rattenranzigen, einzigechten Kegelpinten? Zum Warten. Warten, dass etwas passiert, dass etwas zum ersten Mal passiert, dass irgendwer völlig ausrastet und dass das etwas bedeutet, dass irgendwas zum einzigen und einzig richtigen Mal passiert. Zum Ausharren, Lauern, ob die ganz große Beute vorbeizieht, abwarten, ob die Naht im Übergang vom einen zum anderen Tag nicht doch irgendwann einmal reißt, was sie nie tut. Aber wenn die Naht einmal risse, wenn sie es tatsächlich einmal täte, dann wollte man da sein. Man hätte einen halben Gin Borgward in der Linken und würde schauen, was darunter ist. Oder ich finde Pinocchio.

ROBERT. STRAWBERRY FIELDS. «Versprichst du mir was?» Nackt im Wasser. Ich bin mittelleicht drauf und muss grinsen, aber nicht wegen des Grases, sondern einfach nur, weil alles leuchtet, so warm leuchtet, die Hütten, die Sterne und schräg vor dem Riff von Barefoot Island ein Frachter. Lucas Silhouette mit dem Silberschimmerfleck auf dem äußeren Schwung der Hüfte bewegt sich nicht, aber um sie herum leuchtet es gletschergrün. Irgendwelche Bakterien reagieren, wenn man sie aufscheucht. Ein zweiter Sternenhimmel, nur unten, auf der Erde. Über uns die richtigen Sterne. Und nicht mal die bleiben ewig. Das finde ich, ehrlich gesagt, ziemlich schwach. Aber gleichzeitig ist mir das unglaublich egal. Ich frage sie:
«Versprichst du mir was?»
Luca schaut auf.

«Wasn das jetzt? Weshalb willst du denn was versprochen haben?»
Sie sieht mich unerträglich ernst an und wird vermutlich gar nicht fragen, was ich versprochen haben will, weil sie es schon weiß. Weil sie wesentlich mehr weiß als ich. Ich will nicht, dass sie mich weiter so anschaut. Sonst ist es eine Belohnung, wenn sie den Blick lange hält. Und das tut sie häufig. Wer noch nie jemandem eine Ewigkeit lang in die Augen geblickt hat, weiß nichts. So oft und so lange hält Luca den Blick, bis die Augen mandelig werden, in den Winkeln kann man schon etwas wie Anstrengungstränen ahnen, und in meinen Augen brennt es von der Nase her, ich versuche nicht zu blinzeln, bis sich dann alles in einem Lächeln auflöst. Auge in Auge – das will ich jetzt nicht. Auf keinen Fall darf ich trotzig werden. Ich weiß das und rede trotzdem weiter:
«Ein bedingungsloses Versprechen, unsinnig bedingungslos. Einfach nur so.»
«Weshalb willst du das? Vertraust du mir nicht so?»
Wind zerzottelt die Palmen, Regen setzt ein. Schräger Regen, und ganz warm.
«Weiß nicht. Sieh es als ein Geschenk an mich.»
Das sind so Momente. Intuitiv spanne ich die Bauchmuskeln an. Meine Zehen krallen sich um einen algigen Stein. Ich glaube, ich mache etwas taktisch schrecklich Dummes. Das muss man anders machen oder gar nicht. Ich kralle mich fester, bis ich abrutsche und mir den großen Zeh aufschlitze. Vielleicht spielt noch ein wenig Drogenparanoia mit, und ich bilde mir nur ein, dass sie weiß, was ich versprochen haben will?

«Ich schenk dir was.»
Impulsiv zucke ich von ihr weg. In dem Meter zwischen uns entsteht etwas wie ... wie, wenn ich meinen Kopf an ein kaltes ICE-Fenster lehnte und sich plötzlich das Fenster wölbte durch die Druckwelle eines entgegenkommenden, dreckbraunen Regios auf dem Nebengleis. Ich spürte die Wucht, das Rasen und Rauschen, bis es abbrach und sich das Fenster wieder glättete. Aber Luca kommt auf mich zu und schlingt sich um mich. Der Druck ist weg.

SCHÜTTLER. BERLIN. Dann wollte man da sein. Man hätte einen halben Gin Borgward in der Linken und würde schauen, was darunter ist.

ROBERT. STRAWBERRY FIELDS. Der Druck ist weg.
«In Ordnung.»

III. TEIL

SCHÜTTLER. BERLIN. «Schüttler! Schüttler! Schüttler! Herr ...»

ROBERT. STRAWBERRY FIELDS. Die allerbeschissensten Dinge kommen immer am Morgen.

SCHÜTTLER. BERLIN. «Schüttler! Schüttler! Schüttler! Herr Schüttler, hier rüber!»
Wielands Worte hallen vehement, aber weniger übersteuert als sonst, durch den Redaktionsgang. Ich trete leichtfüßig in sein Büro, diesen fast leeren Raum mit fast leeren Wänden, an denen nur eine anstrengende französische Schwarzweißfotografie mit irgendeinem Schlapphutweib und zwei Meter weiter ein Hertha-Banner hängt. Hier riecht es in der Regel nach Wielands metallenem Aftershave, heute aber liegen die Chinanudeln vom Mittag in der Luft. Keine Ahnung, wer ihm das kauft, das Aftershave. Der Tag lief gut: Morgens hatte ich nur einen nebensächlichen Kater, schrieb einen belanglosen, geradlinigen Routinebericht über den Ball von gestern, mittags regnete es warm, dann roch es nach feuchter Erde und Kork, meine Lieblingssekretärin hatte einen hervorragend peinlich großen Ausschnitt, und Schermin ist mit seinen Stiefelspitzen an der Türschwelle hängengeblieben und auf die Fresse geflogen, ich habe mich bestätigt

gefühlt, aber nur ein kleines Momentchen lang gelacht. Später wieder Terror. Wieland weist mich auf den Sessel. Er sieht abgeschlafft aus, ihm fehlt die übliche Bulldoggenmimik mit ihrer groben, aber definierten Aggression.
«Herr Schüttler, es ist aus.»
Wielands zugespitzter Mund zuckt krampfig hin und her, er nimmt seine Kaffeetasse auf und setzt sie wieder ab, als er merkt, dass sie leer ist. Ich bin hellwach.
«Für Hertha?»
«Nein, also ja, leider, das auch. Aber das meine ich nicht. Es ist aus für Sie.»
Einstudiert schubst er über die Glasplatte des Tischchens einen Briefumschlag herüber, so heftig, dass er erst nach zwei Drehungen liegen bleibt. Wie die ausgeleierte Pirouette einer angetrunkenen Eiskunstläuferin, denke ich. Das ist ein schönes Bild. Unschön und unverständlich ist dagegen, warum auch in diesem Jahrtausend in neuerrichteten Bürokomplexen immer noch diese geschmacklose Breiter-schwarzer-Ledersesssel-und-viereckiger-Glastisch-Combo so verbreitet ist. Ich werde das nie verstehen. Mit relativ großer Wahrscheinlichkeit enthält dieser Umschlag eine einzeln ausgewiesene Abrechnung meines Diensthandys, wegen der Wieland jetzt wieder meint, mir drohen zu müssen. Ich bereite mich schon auf ein betroffenes Gesicht vor. Mit bedächtigem Blick öffne ich den Umschlag, überfliege den Text. Dann beißt es in der Speiseröhre.
Es ist die Nacktmalerin, oder vielmehr ihr Anwalt. Der Schrieb faselt in diesem Juradeutsch, das mir immer schon nach Sekunden die Augen glasig macht. Er besagt neben Floskeln, dass die Malerin unser Blatt verklagen werde, auf-

grund der unter Vortäuschung falscher Tatsachen geschossenen und dann unrechtmäßig abgedruckten Fotos. Ihr Ruf habe gelitten, der Verkaufspreis ihrer Bilder sei massiv gesunken. Unterlassung und Schadensersatz, eine Million und sechshunderttausend Euro Streitwert.

«Meine Güte, musste das denn sein? Schüttler, Sie verlieren sich in all diesen unsinnigen Aktionen. Ich weiß ja nicht, was Sie mit Ihrem Leben anfangen wollen, aber.»

Wieland greift sich an den Kopf und massiert mit Daumen und Mittelfinger seine Schläfen, er senkt die Hand und schaut mitgenommen. Dann spricht er wieder:

«Ich mag Sie.»

Er hält inne, und in seinen Augen spiegelt sich grell das Deckenlicht.

«Ich kenne Sie und schätze Ihre Stärken. Reportagenmäßig ohnehin klar, Interviews mit richtigen Knallern, Ihr Blick: scharf wie ein Skalpell, fies und unnachgiebig. Solchen Journalismus mag ich. Aber man muss auch das Deck sauber halten! Erst die Schöpfing-Nummer und jetzt das. Verdammt, Sie haben gesagt, die Fotos seien sauber!»

Wie wenn man auf einem winterlichen Berg mit den Wanderschuhen im Schnee durch Bruchharsch sinkt, so sinke ich kurz tiefer. Dann weicht alles Gewicht aus mir, mein Nacken fühlt sich dehnbar an, die Arme leicht. Es ist, als ob jemand die Schwerkraft runtergeregelt habe. Das passiert manchmal tatsächlich, da bin ich mir sicher. Das müsste auch physikalisch beweisbar sein. Mit aller Kraft spanne ich die Wangen an, kneife in meine linke Handfläche, aber meine Augen verraten mich, und dann platzt es heraus: ein Lächeln. Woher auch immer das kommen mag. Mit Ruhe

und Bestimmtheit erhebe ich mich, streiche mein Jackett glatt, setze einen erhaben-ernsten Blick auf, der durch das blanke Glas gen Fernsehturm sinnt, drücke den Rücken durch und mache den Guttenberg.
«Ich habe nicht bewusst getäuscht.»
Als ich die Tür hinter mir schließe, blicke ich nicht zurück, halte aber die Ohren in hochkonzentrierter Lauschbereitschaft, denn ich will ganz genau hören und mir tief einprägen, wie es klingt, wenn Wieland platzt.

ROBERT. STRAWBERRY FIELDS. Die allerbeschissensten Dinge kommen immer am Morgen. Wie ein Schlag in den Nacken klatschen sie auf, lassen die Nervenenden elektrisch auflodern und übersteuern, und dann ist das ganze Elend serviert, deine Stirn wird eisig, und du kannst hingucken und weggucken und dir einbilden, du träumst, weil ja noch Morgen ist, dich zurückwünschen in die Nacht, aber es ist serviert, es liegt einfach da. Beppo ist tot.
Auf dem Rücken liegt Beppo da, auf dem Rücken im Sand, einen Arm auf der Brust, einen von sich gestreckt, die Augen offen, verstörte Halbkreise. Alle sind rastlos und zerfahren wie nach einem langen Trip, sie wissen kaum, was zu tun ist. Gregory wischt einen Taschenkrebs von Beppos Knie, Eddy setzt den hilflosen Krebs ein Stück weiter auf den Boden. Darf ich Beppo berühren? Ist er wirklich tot? Totenwache halten oder zurückziehen? Und ist es deswegen nicht so schlimm, weil ich nicht weinen kann? Sie treten an ihn heran, treten wieder weg, wieder heran. Ich ramme mir Zigaretten in die Mundwinkel, rauche und rauche und hetze ziellos von meiner Hütte zum Meer zur Plattform zu meiner

Hütte. Mir geht es wie allen, nein, eigentlich geht es mir gar nicht. Und dann rauche ich weiter und kotze in den Sand und buddle die Kotze zu und wasche mein Gesicht. Luca flattert hysterisch herum und nervt mich. Meine Verwirrung überschattet alles, was an Trauer da sein könnte. Ist er ertrunken? Eine Überdosis irgendwas? Ertränkt? Der Erste, der etwas Handfestes tut, ist der Ranchi. Er hat auf dem Markt einen hutkoffergroßen Bambuskäfig mit einer Andamanentaube gekauft. Als er die Käfigtür aufbricht und die Taube zum Himmel auffliegt, flackern ihre weißen Federn wie eine Flamme. Es sieht fast aus, als ob Beppos graues Gesicht der Taube mit ausuferndem Ausdruck hinterherschaut. Aber eigentlich nicht richtig. In diesem Moment muss ich das erste Mal wieder richtig an Deutschland denken, ganz kurz, ganz unnötig, aber da ist es plötzlich, das Land der Parkplätze und Stromkästen.

SCHÜTTLER. BERLIN. Mittlerweile stehen wir schon eine Stunde in dieser Currywurstbude. Alte Zeitungen in den Auslagen, eine Wolke Bratfett und wir. Wir würden gerne Joko und Klaas quälen, wissen aber gerade nicht, wie wir das anstellen sollten. Da fehlt uns noch die zündende Idee. Es geht nicht um Tode und schlimme Folter, es geht eigentlich um ausgleichende Gerechtigkeit.
Der Abend ist gerade erst in die Stimmung getaucht, die ich wollte, bis auf ein paar unberechenbare Gefühlsstriche, die immer irgendwo dazwischensticheln. Nun, die Besäufnisse gestern und vorgestern waren kein Spaziergang für meinen Körper, nach so was muss ich ihn manchmal zwingen, justieren, zurechtzurren. Es kommt ja nie exakt so,

wie ich es will, aber immer fast. Vorhin hat Schleymayr angerufen.

«Schütti, mein Gott, Schütti. Nein! Ich hab es eben gehört und – nein, nein, nein! Was musstest du auch wieder für Mist bauen?»

Ich nahm einen Schluck Borgward und antwortete mit sanfter Stimme:

«Also, diese Zeitung.»

Ich grinste.

«Also, diese Zeitung schien mir ohnehin festgefahren, in ihrer Entwicklung zu stagnieren, und ästhetisch kommt sie mir seit eh und je unzureichend vor. Hast du die letzten Aufmacher länger als zwei Sekunden anschauen können? Ich denke, nicht. Wir sollten aufbrechen zu neuen Formen.»

Schleymayr wollte sich darauf nicht einlassen, ihm schien ich völlig am Wesentlichen vorbeizureden, aber ich fand, dass gut klang, was ich gesagt habe. Beschwingt denke ich an das Interview mit Elmo aus Prenzlberg und überlege, wo ich es veröffentlichen könnte. Es war eh zu lang für das Blatt, ich denke eher an ein Magazin.

Eine Frau geht schnellen Stöckelschritts am Schaufenster vorbei, und die drei schweigenden Griechen am Stehtisch schauen ihr einstimmig und ohne ein Wort hinterher. Ihr Äußeres entspricht dem Frauenbild eines Werbetextes, finde ich. Es liegt nicht an den Schuhen. Roman bricht das Schweigen.

«Vorgestern war ich am U-Bahnhof Weberwiese und hab zufällig drei Türken bei ihrer Unterhaltung belauscht. Es ging irgendwie darum, dass einer nach Afghanistan geschickt werden sollte. Die anderen beiden waren dagegen, weil er da nur sterben würde. Er wollte aber nichts hören, und da drohte ihm der dickere von den beiden anderen: ‹Bist du behinnert, ja? Ey, Junge, wenn du Afghanistan gehst, dann fessel ich disch vorher an Stuhl und zieh dich zur Strafe an wie ein Student.› Die meinten ganz offensichtlich Hipster. Also, das heißt: Die Türken von Neukölln sind auf unserer Seite! Wir sollten uns unbedingt mit türkischen und arabischen Straßengangs solidarisieren. Die sind genauso angepisst von den Hipstern, wenn nicht noch mehr.»

«Sollten wir, auf jeden Fall.»

«Genau.»

«Aber wie?»

«Ja, da fehlt mir noch der konkrete Ansatz. Aber im Prinzip sind sie auf unserer Seite, und diese Möglichkeit dürfen wir nicht verschenken.»

Roman holt zwei Kindl. Dann schweigen wir.

«Verdammt grandios, wie das gelaufen ist, Roman! Das ist Next-Level-Journalismus. Ja, sicher ist die Geschichte an sich fingiert, gut, aber sie kratzt die wahren Strukturen, die innersten Beschaffenheiten heraus und geht damit tiefer, ist entblößender als alles andere. Denk nur mal an all die Pseudo-Interviews, die ständig geführt werden und die doch nur schlecht beobachtende Protokolle von dilettantischen Selbstdarstellungen sind. Sobald ich mein Diktiergerät auf den Kaffeetisch lege und noch hektisch das immer herausspringende Batteriefach zudrücke, hat sich der Interviewpartner schon einen schlechtsitzenden Longsleeve der Selbstdarstellung übergezogen. Und frage ich dann auch noch so geschickt, gelingt es mir höchstens, fusseltief an der Naht des Longsleeves zu kratzen. Alles darunter bleibt ungesehen. Oder Reportagen. Sobald ich mein Notizheftchen gezückt hab, verwandeln sich alle in ihr glattes Vor-der-Presse-Ich, und wenn ich das dann auf meinen vierzig Zeilen halbwegs gut abgemalt habe, dann fühl ich mich ganz weit vorne. Und der Chefredakteur glaubt das, und der Leser glaubt das, und ich glaube mir das auch noch selber. Diesen Artikel – Papa Elmo, der kleine Enzo und der Pädo von Prenzlberg –, das kann ich überall unterbringen. Zeitschriften, Tageszeitungen, da springt was raus.»

Ich gebe zu, dass es mir Spaß macht, mir zuzuhören.

«Man muss da weiter gehen, richtig weit, den Longsleeve zerfetzen, das Unterhemd darunter auch, die Achselhaare auszupfen und dann die Schweißtröpfchen unters Mikroskop legen. Dann sieht man das einzig Echte. Rede ich zu viel?»

«Schweißtröpfchen unterm Mikroskop, ja?»

«Mann!»

«Du hast ja recht. Aber weißt du, dann mach halt Kunst, keinen Journalismus. Da kann man sich ausgiebig mit Körperausscheidungen beschäftigen und wird dafür gelobpreist und nicht vom Presserat gerügt. Außerdem sagst du zu oft Longsleeve. Aber sonst, ja sicher, klar.»

«Wir müssen weiter gehen! Heftiger verunsichern! Und den Borgward hier müssten wir von der Steuer absetzen können, es ist ja geschäftlich, dient sogar einem wohltätigen Zweck.»

Ich sehe auf der glasglatten Kacheloberfläche den Schatten meines gierig zuckenden Nickens, und als ich den Blick zurück auf Roman richte, zieht das erste Kribbeln von den Fingern hoch, eine Spur zerspringender Glücksbläschen nach sich ziehend, die sich nach einem tiefen Atemzug glühwarm in die Brust schmiegen.

ROBERT. STRAWBERRY FIELDS. Der Strand voller schwarzer Striche. Als der erste Monsunregen einsetzte, krochen jointdicke, kohleschwarze Würmer aus dem Sand. Sie bedeckten alles, wanden sich im nassen Sand. Gestern waren sie dann tot. Ich bin mir nicht sicher, ob es die Sonne war oder ob sie ohnehin zum Sterben aus ihren Löchern gekommen waren. Heute hat die Flut sie geholt.

SCHÜTTLER. BERLIN. «Am Wochenende kann ich nicht. Ich plane ein terroristisches Projekt.»
Schleymayr schlägt die Hand an die Stirn, als ich das sage. Er sieht aufgequollener aus als sonst, er hängt in seinem Sessel wie der übergewichtige Mops eines römischen Imperators. Das Monaco ist um diese Uhrzeit immer viel zu voll, aber es ging nicht anders. Schleymayr gehört einfach hierher mit seinem Schal und seiner säuselnden Stimme, er nennt Albert, den Kellner, immer Alberto. Es ist auch das einzige Café in dieser Gegend, in dem man wegen seiner marmorglatten Schnöseligkeit keine Hipster vorfindet. Und das ist gut so, heute könnte ich nämlich für nichts garantieren.
«Die abgefuckten Wohnzimmerbars mit ihren zersetzten, schweißstarren Polstermöbeln sind das Schlimmste, was je erfunden wurde!»
Das sage ich zwar, stimme aber insgeheim nicht ganz zu. Mir hat das mal ein Blinder so gesagt, der ständig kerzengerade im Monaco sitzt, seltsamerweise stets ganz in Weiß

gekleidet ist – was interessieren ihn Farben? –, und der die Bar liebt, weil die Couchoberflächen mit ihrem perfekt verarbeiteten Leder so wunderschön glatt sind. Ebenso wie die dicken Longdrinkgläser, die Marmortischchen, das trapezförmige Etui, in dem die Rechnung liegt. Er ist richtig verliebt in diese Lückenlosigkeit.

«Fühlen Sie doch die dicke, unnachgiebige Naht!»

Außerdem gibt es kein WLAN. Das ist so sympathisch wie in diesem Café, an dessen Tür ein Schild prangt: ‹No WLAN! No Poetry Slam!› Vor dem Fenster überholt ein Sportkinderwagen einen anderen Sportkinderwagen. Schleymayr ist aufgebracht:

«Was? Encore une fois! Ein terroristisches Projekt? Ich bitte dich! Mon Dieuchen, Schütti, du bist der Letzte, der ein terroristisches Projekt auf die Beine stellt. Du bist weder risikobereit, noch hast du etwas, wofür du kämpfen würdest. Schüttili, du hast nicht mal einen Bart.»

«Eben. Ich sagte, dass ich am Wochenende nicht kann, weil ich da zu meiner terroristischen Arbeitsgruppe muss.»

«Gut, gut, bitte. Mich soll es nicht stören. Eine terroristische Arbeitsgruppe. Ja klar.»

«Ja!»

«Mensch, Schütti, du solltest vielleicht mal auf Kur gehen, hm? Oder zumindest einen Wellnesstag machen, dein Hautbild ist auch nicht gerade verzückend. Tu dir mal was Gutes! Vielleicht dieses Sultan-Dingsda, dieses türkische Bad: gedämpftes Licht, heiße Marmorliegen und sensationeller Olivenseifenschaum, fein und massiv. Danach Tee statt Terror. Das wär auch was für dich, na?»

«Herr im Himmel!»

«Und Wieland meckert jeden Tag, dass du dein Büro noch nicht geräumt hast.»

«Wieland blökt eh den ganzen Tag nur rum. Ich bin halt beschäftigt.»

«Er ist viel ruhiger geworden, seit du weg bist.»

«Vielleicht hat er auf Valium gewechselt, und das bekommt ihm einfach besser.»

«Schüttili!»

Schleymayr läuft jetzt zu großer Form auf und versucht durch diverse Strategien aus mir herauszuleiern, was ich über wessen Drogenkonsum in der Redaktion weiß. Jetzt, wo ich ja weg sei, könne ich doch ... Er war schon besser in Form. Ich trinke den zweiten, erträglich gemixten Gin Borgward und erzähle irgendwas. Die Einleitung bestreite ich mit einer aus einem Roman geklauten Geschichte, wie Wieland angeblich einmal aufgrund einer Magenuntersuchung einen Tag lang keinen Kaffee trinken durfte und nach fünf Stunden Koffeinentzug mit Herzrhythmusstörungen in die Charité eingeliefert wurde. Dann ziehe ich das Tempo an, fabuliere von den halblegalen Potenzmitteln Stiefel-Schermins, den weißbestaubten Tischplatten der Klatschratten, aus wessen Hosentasche ich angeblich mal ein Antidepressivarezept segeln sah, von Kümmerlingreserven in der untersten Schublade, Xanax, halbstündlich Tryptophan, Sekretärin Matscheks Kokainentjungferung auf der Jubiläumsfeier, und überhaupt Kokain hier und Kokain da. Ich weiß schon, was Schleymayr mag. Er hält sich vor Glückseligkeit die von seinem lachsfarbenen Hemd überspannte Wampe. Ich blicke ihm bestimmt in die Augen:

«Und jetzt kommen wir zu deinem Part.»

«Ja?»
«Du musst schreiben. Also. In der Nähe des Helmholtzplatzes, da gibt es Flugblätter über sexuelle Belästigung, und die Prenzlberger drehen völlig durch. Das ist das Lokalthema Nummer eins! Ich habe dazu auch ein Interview, das ich noch irgendwo unterbringen werde, aber dein Artikel muss zuerst kommen.»
«Nett, nett, Schütti, wir sind aber nicht die Kiezpostille von Prenzlberg – das weißt du doch.»
«Schreib trotzdem drüber. Und bring auf jeden Fall den Steckbrief rein, wie der Täter beschrieben ist.»
«Das ist eine sonderbare Idee von dir, Schüttchen. Was macht dich daran so scharf?»
«Is egal. Schreib drüber!»
«Schütti, weißt du ... Ich muss gerade ...»
«Du weißt genau, du schuldest es mir!»
«Herrgott, meine Güte, ja!»

ROBERT. STRAWBERRY FIELDS. «Können wir ablegen?»
«Ja, mach.»
Eddy winkt ausgiebig, als wir vom Ufer wegschwingen, winkt und ruft oder singt. Ich habe keine Lust. Wir sollen Gras holen. Noch immer weiß ich nicht, woher, womit wir bezahlen und wer es uns verkaufen wird, ob Mafiosi oder indische Schuljungen. Ob die Kalaschnikow in meinem Schoß, von der ich weder weiß, wie man sie lädt, noch, wie man damit schießt, zum Fischen dient oder für einen kleineren Drogenkrieg. Abgesehen davon, eine Bootsfahrt, mal andere Leute, etwas Abenteuer – das ist nicht das Übelste. Nur auf Lennart, der das Motorboot versonnen in Richtung One-

Tree-Island steuert, habe ich keine Lust. Und auch nicht auf sein Grinsen und auf die Tatsache, dass ich gleich mit ihm reden muss.
Heute war alles Wasser. Tropfen überall. Schweißtropfen in Lucas Haar. Goldtropfen am Horizont. Harztropfen an einem Tamariskenzweig in der weißen Hitze. Bildverzerrende Salzwassertropfen auf der Netzhaut. Tropfen Licht. Kleine Tropfen LSD auf der Nasentropfenpipette. Tropfen, wie sie sich abseilen, wie sie gerinnen zu kleinen Weltkugeln mit perfekter Oberfläche, wie sie halb ineinander wulsten. Meist platzen sie dann, weil die Oberflächenspannung gebrochen wurde.

SCHÜTTLER. BERLIN. «So! Herjekiekt – det is det Kreuz von Kreuzberg. Christlich, amtlich genehmigt und beamt dich auf Stern achtnfufzich. Macht pudelhageldicht.»
In seiner haarigen Hand hält Ronnie eine Küchenrolle, darin vier mit Knete abgedichtete Löcher, aus denen vier Joints ragen, die er nun umständlich anzündet. Ich huste.
«Siehste! Mit det Kreuz von Kreuzberg macht man keene Späße.»

Wir sitzen sinnlos in der Kampfzentrale herum. Das Kreuz von Kreuzberg, Gin Borgward. Der Briefberg in der Ecke wird bald anfangen zu gilben, aber mehr wegen Ronnies Gerauche. Unser erster Coup war gut, keine Frage. Der zweite Coup saß auch, keine Frage. Aber wir haben nicht die milbenschissgroße Spur einer Idee für einen dritten Plan. Mirko hat einen Spruch auf einer Hausfassade fotografiert und zeigt ihn herum: *It ain't hip to think you're ‹in there›, because of the zooty suit you wear.* Ronnie liest den Spruch und beißt ein Stück des Fotos ab, kaut eine Minute darauf und spuckt es dann auf den Boden zwischen uns.

«Leib blocker!»

«Nö. Nüscht. Ick haue bald einfach ma ein' kaputt. Ick zieh ihn an seine Seitenscheitel – peng – ins Jebüsch und geb ihn ma ne Hand voll Gentrifitzefatz.»

«Vielleicht nur leicht kaputt hauen?»

«Ne, rischisch!»

«Ich hab da mal was vorbereitet.»

«Bitte nicht!»

«Wen?»

Eine Sekunde lang denke ich, dass ich gern wieder in meiner alten Lokalredaktion wäre, wenn auch nur, um Papierknäuel-Basketball zu spielen. Zuletzt hatte ich mein eigenes Büro, aber als ich noch im Großraum saß mit Schermin und den anderen Unfällen, da haben wir fast jeden Tag Papierknäuel-Basketball gespielt. Dieses einfache, fast blödsinnige Spiel vermisse ich in diesem Moment. Im nächsten aber schon nicht mehr.

Weil es Abend ist und uns nichts Besseres eingefallen ist, sind wir aufgebrochen, um den Feind zu beobachten, in einer typischen Location. Der Eingang ist die Tür zu einem Männerklo: Man klopft, wird von einem Türsteher in Klomann-Outfit gemustert, reingewinkt, passiert die Pissoirs, und dahinter beginnt erst der Club. Um auszumachen, wer aus der Gesprächsrunde an der Bar ein Elektrohipster ist, frage ich laut, ob jemand irgendwie wisse, was heute noch so geht, ich hätte grade nichts aufm Schirm. Steinharte Lederjacken um lesbische Italienerinnen, Neongekritzel-

T-Shirts, Seitenscheitelponywegwischer, fliederfarbene Röhrenstakser und der mit den völlig zersetzten Seglerschuhen.

«Boa, du, keine Ahnung.»

Er wisse selbst noch gar nicht, wo er hinwolle. Im Cocks wäre Furtwängler Tonkombination, in einer stillgelegten Haargelfabrik spiele Ernst Augustin von Crickstein-Schwabingen, *der* Randbezirkshit, dann gebe es wieder die Spontanpartyreihe auf den Treptower Baustellen, zwei Bad-Taste-Erstsemesterfallen in Kreuzberg, ein Ringbahnrave in silbernen Einteilern mit portabler Nebelmaschine, wie immer um voll am S-Wedding; in einem halb abmontierten Freizeitpark in Brandenburg sei eine Party mit dem Motto «scheiße, aber scheiße». Dann rattert er eine Clubliste herunter, anstandshalber erwähnt er, was heute im Berghain läuft, auf der Spree habe jemand ein Boot gemietet, dazu gibt es etwa fünf Semiprivatpartys, mit und ohne Passwort, die man vielleicht kurz ..., wär hier um die Ecke, und was halt so ginge. Ich nicke. Er könne aber auch noch mal kurz auf dem iPhone nachsehen. Roman formt mit den Lippen die Wörter «Feind» und «geortet». Dann klingelt das iPhone vom Elektrohipster. Er geht ran und dreht sich um, ich lasse eine handfeste Prise Abführmittel in sein Getränk rieseln. Das sind mindestens zehn Punkte. Als er das Gespräch beendet hat, sage ich:

«Lass uns einfach mal schauen.»

Alle nicken.

«Wir werden mal ein, zwei Privatpartys checken, und später vielleicht innen Club. Und du, machste heute noch lange?»

«Klar, ist Samstag, Digger.»

Ich weiß nicht, wie es gekommen ist und was ich die letzten fünf Stunden gemacht habe, aber ich trage keine Schuld, diesmal trage ich keine Schuld. Sie spielen das Bezirksbattle. Berliner und Neuberliner müssen das immer tun, auf jeder Party, in jeder Bar, egal ob sie ratzedicht oder knallnüchtern sind, und ich hasse es abgrundtief. Sie müssen immer fragen, aus welchem Bezirk man kommt. Um dann ihr Urteil abzugeben, ihre hohe Wertschätzung auszusprechen oder sich die tiefste Missachtung ungeschickt zu verkneifen. Dann lodert unvermeidbar ein Streitgespräch auf, welcher Bezirk wie verkommen, wie gentrifizierungsresistent, wie billig und so was von im Kommen sei. Alle haben die verdammt größte Ahnung auf der Welt, wo man zu wohnen hat, und das müssen sie unbedingt kundtun. Wenn mich jemand fragt, wo ich herkomme, behaupte ich immer, ich sei aus Gera und auf Geschäftsreise hier, es gebe einen Kongress, ich wolle auch keine Tipps und hätte keine Zeit, nur heute Nacht, ich sei im Vertrieb tätig: Industrienute. Dann will meist auch niemand mehr mit mir reden. Ich trage also keine Schuld. Ronnie hat es verschuldet, und Roman muss mitspielen.

«Charlottenburg ist eklig dekadent.»

«Nein, Dekadenz bedeutet Eleganz im Untergang. Deswegen ist Kreuzberg dekadent. Kreuzberg geht glanzvoll unter. Charlottenburg kriecht schon durch seine Ruinen»,

beteuert Mirko und reibt sich fortwährend den Unterarm.

«Kreuzberg ist authentisch geblieben. Dreißig Jahre Szenebezirk und immer noch echt.»

Ronnie kommt herbeigetorkelt, mit drei Bier in den Händen.

«Ick wohne in Moabit.»
«Soll ja auch sehr im Kommen sein.»
«Da kommt die U-Bahn. Mehrfach. Sonst nüscht.»
Mirko schaut von seinem Arm auf:
«Stil bewahren im Untergang, das bedeutet Heroin auf Teewägen, eine goldene Cartier-Rasierklinge und von einem Tropfen Jungfrauenblut und kandierten Feilchen lila gefärbten Champagner trinken über der brennenden Stadt. So etwas.»
«Du bist komisch.»
«Danke.»
Ich bin leicht gereizt, erkenne aber gerade meine Beteiligungschance.
«Ich komme aus Gera.»
In manchen Momenten helfen nur sehr schöne Frauen. Als ich frustriert auf den Balkon des Clubs stolpere und begreife, dass der Fahrstuhl, in dem vorhin ein Roboter tanzte, nicht nur eine Schleuse war, dass der Fahrstuhl uns also sicher vierzig Meter hoch in den smogfeuchten Dunstraum über der Stadt gehoben hat und ich deshalb mit verwirrtem Gesichtsausdruck in den Nachtwind schaue, da tritt Louise neben mich, und eines fügt sich zum anderen, die Glieder der Kette verschmelzen miteinander, ein Zahnrad greift ins nächste und zieht den Riemen an. Also gut, so schnell geht es nicht, aber wir trinken einige perfekte Gin Borgwards und wechseln ein paar Worte, interessant genug, damit das Gespräch läuft, und unverfänglich genug, damit ich sie in Ruhe mustern kann. Louises Mimik, ausgeprägt, aber nicht fratzig, springt mir fast ins Gesicht, mal krauslippig-spöttisch, mal knallsüß, mal lakonisch mit halboffenem Mund. Louise

trägt etwas Spitzschultriges aus Samt an einem Körper, dessen skalensprengende Perfektion sich jeder Beschreibungsfähigkeit entzieht. Sie spielt eine Liga über mir, aber das geht in Ordnung, denn zum Glück ist nicht klar, ob sie sich ihrer Ligenzugehörigkeit bewusst ist.

Ich werde heute nicht mehr unbedingt mit ihr schlafen. Denn später habe ich mich mit Sicherheit so betrunken, dass ich erektionsunfähig glücklich bin. Aber der Jagdtrieb funktioniert. Ein kleines Zeichen, dass es was werden könnte, werde ich ihr gnadenlos abringen. Wind wühlt in unseren Haaren.

Wir schauen zusammen in die Nacht, und alles ist gut. Wir schauen zum Horizont, wo der milchige, nie ganz verdunkelnde Himmel auf die Dächer stößt. Ich proste ihr zu und erzähle, dass Glück biologisch gesehen nur aus den Neurotransmittern Serotonin, Retolin und Endorphin besteht. So weit, so bekannt. Diese Stoffe sind sogenannte Mikroaminoide, winzige Partikel, die über Glücks- und Unglücksgefühl entscheiden. Im Normalfall werden diese im Organismus aber nur in gemäßigten Abständen ausgeschüttet. Überdies lassen die zuständigen Rezeptoren nicht immer alle Glücksmikroaminoide an die Nerven heran, was zu ihrer Wirkung notwendig ist, und vor allem nicht allzu viele. Es gibt jedoch Sonderfälle. Wenn eine wirklich große Menge Aminoide die Rezeptoren belagert, beispielsweise in einer Situation völlig überwältigenden Glücks, wird ein Abfallprodukt namens Endonatan freigesetzt. Dieses Endonatan führt häufig zu Mutationen im Rezeptorenbereich, besonders dazu, dass weitere Rezeptoren generiert werden. Damit können mehr Glücksmikroaminoide aufgenommen werden, und mehr als üblich gelangen hinter die Rezeptoren und können so schnell nicht wieder abgebaut werden. So entsteht nichts weniger als ein Zustand lang andauernden Glücks, den die meisten Menschen kaum je erfahren. Die Schlussfolgerung: Man muss gierig leben, alles Glück auf einmal genießen, die ganz großen Höhenflüge wagen, dann können die Rezeptoren mutieren, und wir bleiben unendlich glücklich.

«Wenn wir nur eine Sekunde unhaltbarer Glückseligkeit erleben, können wir das Glück vielleicht für immer behalten. Das ist verrückt, oder?»

Wir küssen uns kurz und grob, dann gehe ich mir einen Borgward holen. Natürlich verrate ich ihr nicht, dass es kein Endonatan gibt und auch kein Retolin, dass ich mir das alles ausgedacht und schon sicherlich zwölfmal erzählt habe. Je öfter und sicherer ich die Geschichte erzähle, desto besser funktioniert sie. Das Halbwissen der Menschen ist ein unermesslicher Schatz, von dem man sich immer und immer wieder bedienen kann. Gegen Ende wurde es diesmal mühsam, das begeisterte Erzählen, der interessierte Blick, ich musste aufpassen, dass die Beine nicht wegknicken, die Glühleuchte in den Augen aufdrehen, lächeln.

Ich bin zurück, Louise steht wieder vor mir, kramt in ihrer Wildledertasche und sieht mich etwas verwundert an, wie zu erwarten, ich habe auch gerade recht sinnlos vor mich hin gegrinst. Sie scheint das Gesuchte nicht zu finden, und irgendetwas ist komisch und reizt mich. Um die Situation zu überbrücken, frage ich:

«Hast du Geschwister?»

Als wenn diese Frage nicht bescheuert genug wäre, antwortet sie auch noch:

«Klar, einen kleinen Bruder.»

Klar, einen Bruder, klar, was sonst. Dieses «Klar» verrät viel: Noch so eine notorische Einzelkindhasserin. Eine, die das, was sie lieber mag, ständig preisen muss, die Verbündete sucht, die das Gleiche mögen, sich von ihnen bestätigen lässt. Ja, mein Geschmack ist der beste, mein Leben ist das richtige. Die sich etwas anderes gar nicht vorstellen kann. Das ist wie Bezirksbattle, nein, schlimmer als Bezirksbattle. Alles, was kein Argument für die eigene Perspektive ist, wird ausgeblendet. Ob man die rote oder die blaue Edition bei Pokemon gespielt hat, ist so eine Frage. Diejenigen, die die rote Edition gespielt haben, verteidigen diese bis aufs Blut, die anderen genauso. Skifahren oder Snowboard, Nike oder Adidas, Real Madrid oder FC Barcelona. Ich hasse Louise kurz ein wenig, aber fürs Totalhassen ist sie zu schön.

Eine kleine Gesprächslücke ist aufgeklafft. Eine winzige Gesprächslücke, die gestopft werden will. Mir rinnen die Reste meines dummen Grinsens aus den Mundwinkeln, Sekunden werden von der Lücke weggesaugt, ich streiche mir durch die Haare und will auf keinen, auf gar keinen Fall mehr von ihrem kleinen Bruder hören.

«Ja, klar, ich hab auch 'n Bruder.»

«Das hab ich mir gedacht.»

Das hat sie sich gedacht. Ja, das hat sie sich natürlich gedacht. Sie kann es sich gar nicht anders vorstellen.

«Und was macht dein kleiner Bruder so? Lass mich raten! Er ist auch Glückshormonhobbybiologe?»

«Ähm, mein Bruder, den hab ich Ewigkeiten nicht gesehen. Der ist weg.»

«Weg?»

«Ach, na ja. Also nicht hier. Wenn ich es zusammenfassen sollte, würde ich sagen: Er spielt Hippie.»

«Echt?»

Das ist der Moment, in dem ich heftig schmunzeln muss.

«Ja, wirklich. Die haben da alle so Phantasienamen, trippen durchs Unterholz, und wenn sie auf einen anderen Hippie treffen, haben sie sich gefunden. Sein letzter Brief klang zumindest reichlich wirr.»

«Also, so schlecht klingt das gar nicht. Ich find Hippies toll.»

«Bitte?»

«Ja, klar.»

Sie schluckt es nicht nur, sie findet es auch noch gut. Es hält mich nicht mehr.

«Hippies? Hippies? Die Hippies waren schon Anfang der Siebziger nicht mehr cool, sondern naive Idioten. Glücklich sind die, die es nicht überlebt haben. Aber Neohippies, Revivalhippies, Indiehippies, Technohippies, Ökohippies, Künstlerhippies – das sind die größten Idioten, die je unter der Sonne gewandert sind. Das ist das Revival vom Klischee eines Klischees, das ursprünglich schon eine Farce war. Das geht nicht auf.»

Ronny taucht hinter Louises Rücken auf, versucht erst, krampfig zu zwinkern, legt dann einen fragenden Blick auf. Ich nicke. Ronny lässt die Tablette in ihr Getränk fallen. Sie regt mich zu sehr auf. Ich kann mich gerade nicht zurückhalten.

«Hör mal. Batik sieht scheiße aus, die Doors sind totgespielt, offene, freie Liebe wird nie funktionieren, Betrügen hingegen durchaus, Betrügen ist eine Kulturtechnik, die sich seit Jahrhunderten bewährt. Und du bist ein selten blödes Mädchen. Weißt du, was? Es gibt gibt kein Endonatan, ich habe auch keinen Bruder. Ich hätte dir von mir aus keine Lügengeschichten erzählt, beileibe nicht, aber deine Blödheit, weißt du, die hat mich herausgefordert. Und nun entschuldige mich. Ich muss jetzt sehr viel trinken.»

An der Bar steht Roman und versucht, ein gestürztes Insekt aus seinem Todeskampf im Bierglas zu fischen. Ich proste ihm zu, und er wirft mir einen Wo-ist-das-hübsche-Mädchen-hin-Blick zu.

«Sie war eh ein Hipster!»,

sage ich. Er glaubt mir das. Die Biene im Bier ist tot.

ROBERT. ANDAMANENSEE. Wir haben uns so weit voneinander wie möglich gesetzt, also gegenüber. Damit wir einander nicht die ganze Zeit ansehen müssen, blicke ich nach rechts und suche den Horizont ab. In den regenfreien Monaten durchziehen manchmal pechschwarze Kähne die Andamanensee von Myanmar her. Sie ziehen vorbei an den Inseln, dünn wie Treibholz. Kauzgesichtige Menschen sind darauf, die schweigend rauchen. Niemand weiß, wo sie herkommen und wohin sie fahren.

Einmal war ich mit Gregory und dem Ranchi zum Fischen draußen, als sie am Horizont auftauchten. Sie kamen einige Bootslängen näher, saßen kauernd da und beäugten uns, bevor sie abschwenkten. Gregory vermutete sofort, sie seien Heroinhändler. Der Ranchi, der sich nicht bewegte, bis sie als schwarzer Punkt weit weg im Luftflirren verschwunden waren, sagte nichts dazu. Die Fischer im Dörfchen hingegen erzählten mir bei drei Mittagsbier und Suppe, auf die ich sie einlud, das seien Seezigeuner. Die Seezigeuner rauben, was die Wasserwelt der Insel, vor der sie jeweils ankern, hergibt. Sie fischen mit Dynamit. Wütend klauben sie den ganzen Tag Seegurken, Wasserschlangen und Langusten aus dem Meer. Wenn sie diese dann nachts in gegrillten Fetzen verschlingen, bestrahlt das Meeresleuchten ihre mit Essensresten verklebten Gesichter. Das Übriggebliebene verkaufen sie, und wenn das Wasser um eine Insel leergefischt ist, ziehen sie weiter. Sie sprechen kaum und sterben früh, meist ertrunken infolge eines aus einem Nichts entstandenen und im Reisschnapsrausch hochgeschaukelten Kampfes, oder sie sprengen sich mit dem Dynamit versehentlich ein Loch in den Körper. Manchmal ziehen viele Kähne in eine Richtung und später wenige davon wieder zurück, manchmal sind blasshäutige Gestalten darauf. Das ist vermutlich aber alles erfunden, und es handelt sich nur um illegale Einwanderer.

Jetzt aber ist nichts zu entdecken, auf das ich lange genug schauen könnte. Also ausdrehen, die Augen entfokussieren und so starren, wie immer alle starren und wie ich immer starre. Am ersten Tag habe ich noch überlegt, ob das Starren daran liegt, dass alle hier so heftige Downer nehmen. Nach ein paar Tagen habe ich mich dann selbst dabei erwischt. Es ist eine Gebetshaltung. Sie entsteht, indem man sich wegdreht, weg von den fälligen Reparaturarbeiten am Dach, gerade zu Monsunanfang, weg vom Graszermörsern in der Kokosnussschale, weg von den plänkelnden Gesprächen, deren Beginn man vergessen hat und deren Ende man nicht ausmachen kann, weg vom fahrigen Abspülen im Küchenkegel, weg von Lennart. Indem man seinen Blick ins Unscharfe wendet, in den Kosmos, über dessen schwingenden Gleichmut man nirgendwo besser sinnieren kann als im Schlurfen der Wellen. Aber gerade gelingt es mir nicht. Ich komme nicht in den Groove. Die Seezigeuner, die Kalaschnikow. Ich fokussiere und entfokussiere mich wie eine kaputte Digitalkamera.

Riechen kann ich es immer schon zwei Windstöße vorher. Es beginnt mit einem kleinen Plätschern, das sich in einem Moment zum Prasseln ausbreitet, und dann erfrischen die Tropfen des Monsunschauers die Luft, Wind bläst, aber ich starre weiter und ahne mehr, als dass ich sähe, wie die Farbe des Meeres kurz ins Grau schwingt und dann, als Regenrattern nachlässt, zurück ins Grellazur. Und dann sitzt Lennart neben mir. Das Wasser, lagunenblau, schwimmbadblau, südseeblau. Ich will nicht, dass er anfängt zu sülzen.

«Eisblau die Federn, rostrot der Bauch, korallrot die Füße. Das müssten Eisvögel sein vor uns.»

«Mmh. Aber weißt du ...»

«Weiß ich nicht.»

«Oom. Musst du das immer machen. Wenn ich mit dir sprechen will, setzt du mir immer irgendwas vor, immer irgendwas, das ich dann ... weißt du?»

«Ne, weiß ich nicht. Das sind Eisvögel, sicher.»

«Na, das interessiert mich halt. Farben, diese wilde Welt. Das interessiert mich halt. Man kann doch nicht immer mit geschlossenen Augen durchs Leben gehen.»

Bergseeblau, Taublau, Brandeisblau.

«Robert, schau halt.»

«Ich tu nichts anderes.»

«Nein, wirklich, ich mag dich.»

«Das ist schön.»
Azur, Wasserblau, ne, einfach Wasser, blau halt.
«Ich mag dich wirklich. Jetzt brüderlich, nicht irgendwie anders.»
«Ja, würde mich auch wundern, wenn anders.»
«Wieso denn?»
«Na ja.»
«Sollte es aber nicht.»
«Mann, ich hab doch nichts gegen Schwule, aber es würde mich halt wundern, wenn du mich *so* mögen würdest.»
«O Mann. Du bist echt komisch.»
«Nein, bin ich nicht. Du kannst doch nicht erwarten, dass man nie ein bisschen oberflächlich quatscht. Dass man sich nicht immer gleich mit seinem Seelenallerheiligsten vorstellt? Und wie kommst du überhaupt auf *anders mögen*? Ich hab nichts gegen Schwule.»
«Robert!»
«Hier gibt es keine verdammten Schwulen, die ich beleidigen könnte. Hier gibt es Wasser, südseeeblau, aquamarin und Inselchen und Eisvögel!»
Beim Aufstehen falle ich fast um, stelle mich breitbeiniger hin und versuche irgendwie, die Kalaschnikow zu entsichern. Schießen, ich will auf Fische schießen, einen Schwarm niedermähen. Aber es klappt nicht, und mir fällt auf, wie komisch das jetzt wäre, ins Wasser zu ballern. Ich nestle noch kurz am Gewehrschaft und setze mich strauchelnd.
«Was ich nur sagen will: Hier gibt es schon Schwule.»
«Schwule Eisvögel oder was?»
«Nein, mich.»

Klatschend ist der Regen wieder da, diesmal schlägt er lärmend auf die Wasserfläche. Windschübe zerren am Boot, drücken es gegen graue Wellengruppen. Platingrau, nein, Betongrau, Teergrau.

«Du bist schwul?»

«Ja.»

«Oh.»

Oh.

«Das war dir nicht klar, was? Na, wie auch. Ich bin der vermutlich einzige Schwule auf den ganzen Andamanen. Ich muss sagen, du hast mir am Anfang schon gefallen mit deiner verhuschten Art, wie du deine Brille immer richtest, der zögerliche Gang. Und diese Locken. Bronzeblond würde ich jetzt sagen, wenn ich du wäre. Mir war schon klar, dass das nichts wird. Aber ich dachte immer, du spürst, dass ich dich mag, und hättest Angst davor. Und dass du deswegen so rotzig bist. Dass du alles, was ich sage, ablehnst, um mir zu zeigen, dass du kein Interesse hast. Weißt du, das hat mich belastet. Erst weniger, dann immer mehr. Und ich habe mit Shrivatni darüber gesprochen, und wir haben beschlossen, dass ... Deshalb fahren wir auch gerade zusammen.»

«Und ich ... ich, meine, ich dachte ... irgendwie. Ich dachte, du hast was mit Luca?»

Und da lacht Lennart, er lacht breit und ehrlich, sodass ich ihn kaum noch hasse, er lacht schallend und schreilaut. Wellen rammen das Boot, es wackelt wie durch sein Lachen erschüttert. Ich muss mitlachen. Wir lachen immer schriller und voller, und dann verschlucke ich mich und huste und hebe meine Brille aus einer handtiefen Pfütze, die sich aus hereingeschwapptem Wasser inzwischen auf dem Boden gebildet hat. Lennart schaut kurz etwas besorgt, aber nicht wegen des Hustens.

«Das ist der erste Monsunsturm. Shrivatni hat gesagt, die kämen noch nicht.»

«Hat er den Wetterbericht geschaut?»

Und wieder brechen wir in Lachen aus, und ich schlingere wieder vom Lachen ins Husten ins Lachen und schlage auf meine nassen Oberschenkel und boxe auf das Bootsholz. Und schließlich grinse ich nur noch und wische mir die triefenden Haarsträhnen aus dem Grinsen.

«Ich meine, wenn der Sturm stärker wird, haben wir ein Problem. Was ist denn heute für ein Tag?»

«Ich weiß nicht. Hast du die Nachrichten geschaut?»

Darauf lachen wir wieder kurz glucksend auf, obwohl wir wissen, dass es eigentlich gar nicht so witzig ist. Mit dem ersten Donnerschlag, der durch den warmen Regen bricht, sind wir plötzlich nüchtern und hochkonzentriert. Der Himmel über uns eine Rußplatte.

«Umkehren?»

«Oder auf eine Insel irgendwo hier.»

«Welche?»

Haben wir vor kurzem noch mehrere Inseln passiert, ist jetzt im flatternden Regen kein Landfleck mehr zu sehen. Lennart wendet das Boot, aber mitten in der Drehung schlägt eine kindshohe Welle gegen den Bug, schmeißt es fast um, und ich kralle meine zu langen Fingernägel schmerzhaft in die Lackrestkruste. Die Wellen branden ungehalten heran und reißen wütend am Boot, sodass es Lennart schwerfällt, auch nur grob Kurs zu halten. Er korrigiert die Richtung nach jeder zweiten Welle, aber er scheint keinen rechten Fixpunkt zu haben, auf den man hinsteuern könnte. Trotzdem drängt er das Boot entschlossen in die Richtung, aus der wir ungefähr gekommen sind. Wir sprechen in den nächsten Minuten kaum, abgesehen von verknappten Warnrufen bei besonders hohen Wellen. Wir versuchen, uns auf dem Boot zu halten, das Boot nicht kentern zu lassen. Und dann wird das Wetter übermächtig. Von links, von rechts. Eine Woge schlägt mir die nasse Kalaschnikow aus der Hand und die Brille von der Nase.

Ich denke an nichts. Der Wind reißt Wasserberge hoch, prügelt uns in Wellentäler, und dahinter kommt eine Wand aus Granitwasser angefahren, und es bleibt uns nur ein Moment, um in Wind und Wasser noch einmal aufzuröcheln, mit einem gierigen, dumpfen Donnern zerschlägt sie alles.

SCHÜTTLER. BERLIN. Eine androgyne dunkelhäutige Frau mit einem goldverzierten Elchhelm lehnt an einer Hauswand, die Hände in den Hüften, den Blick ins Weite gerichtet, zum Ufer rüber. Neben ihr sitzt eine überschminkte Zirkus-Chic-Schlampe mit Badekappe auf dem Kopf in einer pinken, mit Cornflakes und Konfetti gefüllten Plastikbadewanne am Straßenrand und schüttelt verloren ihren Kopf. Der Wind streut Konfetti über die Straße. Solche Mädchen sind immer nur halb hübsch. Beide schauen belämmert, eine trägt kein Oberteil.

«Allen Ginsberg ist tot, Baby.»

Das Grau der Wände ist das schönste Grau der Welt. Ich streiche daran entlang. Man findet es sonst nur in Schweizer Kleinstädten, die voll mit ebenerdigen Architekturbüros und kugeligen Skulpturen sind, auf den Bergkämmen Bob-

Ross-Bäume, kaum Menschen in den giebelreichen Gassen. Beim Schlendern durch diese Städte findet man das Grau. Und ich meine nicht das Berggrau, sondern das der Fassaden und Treppchen. Immer wieder dieses Grau, in leichten Abstufungen, manchmal eine Spur seriös, nie trist, aber immer ernst und dabei so undeutsch. Ich weiß nicht, wieso, aber ich finde es unerträglich schön.

Dann verlasse ich die City-Toilette. Den dumpfen Geruch kalten Crackrauchs bekomme ich nur langsam aus der Nase. Ronnie hat davor gewartet. Seine Gehfähigkeit hat im Laufe des Nachmittags erstaunlich stark nachgelassen. Er musste viele Pilsetten trinken, dieses Sonntagsding hat er öfter. Ich glaube, es geht dabei um seine Familie.

«Lass uns Fickers jagen. Wenn ick eenen kriege, klotz ick ihm direktemang vorn Latz.»

Seine Augen glühen mich betrunken an.

«Ronnie! Wir haben einen Auftrag. Wir sind im Dienst.»

«Dit mein ick ja!»

Hausschatten wie Schädelhöhlen eines Wesens, das halb Mensch ist, halb Roboter, und sehr hässlich. Die Straße entlang der Gleise ist trostlos an dieser Ecke, die Clubdichte mittlerweile leicht gesunken. Ein Sportkinderwagen mit gebrochener Achse liegt am Straßenrand. Laternenlicht suhlt sich in Pfützen.

Von weitem kommt der dünne Umriss einer Gestalt näher, langsamer als wir. Wort für Wort merke ich, wie sich Ronnie immer weniger auf das konzentriert, was er sagt, bis er schließlich schweigt und seine Bierflasche wegwirft, seine Zigarette hinterher. Dann ist der Junge bei uns. Ich wollte nicht, dass es so kommt, aber Ronnie hat ihn angetippt. Jetzt muss ich sprechen. Eigentlich will ich nicht, aber immerhin gibt das Punkte.

«Entschuldige, deine Haare sind echt verdammt stylish. Dieser Seitenscheitel, das ganze Konzept, meine Güte, yeah! Wo hast du das schneiden lassen?»

«Ähm.»

«Lass mich raten: Frisurfabrik? WrangelHaar3?»

«Ne, das war ...»

«Selbstgeschnitten, hä?»

Ronnie schubst den Seitenscheiteljungen leicht. Nur ein Klicken irgendwo, so lang wie das Anreißen einer Sekundenhälfte, und ich ohrfeige ihn, reiße ihn an den Malvenkaros seines Hemdkragens hoch und schlage ihn noch einmal. Er sackt zusammen. Ronnie hält mich am Arm und schaut irgendwie schockiert.

«Du wolltest es so.»

«Ne, wollte ick nisch. Klar, sischer, Räuberbande. Logobello. Die Grenzen ham die andan hinter sisch jelassen. Aber so heftisch?»

«Du hast doch.»

«Ick hab ihn anjetippt und bisschen jeschubst. Finito.»

«Ja, ja, ja. Er wollte es so, schau doch, dieser Haarschnitt, die Schuhe, sein Gang. Das ist die wahre Gewalt.»

Aber irgendwie habe ich das zumindest nicht richtig rübergebracht, ich glaube mir das selbst nicht so ganz. Dann baue ich eine steinerne Konzentration in mir auf. Die Wasserfarben, diese Wasserfarben. Am Straßenrand stehen Stromkästen, überzogen mit Plakaten einer Band, deren Name nach Balkanzeug klingt und auf deren CD-Cover alle Bandmitglieder auf einem Floß stehen. Um das Floß ist Wasser in changierenden Farben, aber nicht einfach nur ein paar sich abwechselnde Töne, sondern ein wilder Pinselritt durch die Farbpalette mit Farben, deren Nuancen ineinanderblenden, keine harten Schnitte, aber exakt abtrennbar. Im Zentrum ein unnatürliches Schwimmbadblau, das in ein flirrendes Elektrischblau übergeht, welches an den Rändern kaum merklich in Grünspektren von Fjordgrün bis Seegrasgrün ausfasert. Und ganz am Rand – wo sich das schlampig oder zu kleisterreich verklebte Plakat schon wellt –, da glüht ein Farbrand grellen Hellgrüns, ja, ein Lasergrün, das schon ins Weiß überbrennt.

ROBERT. IRGENDWO. Ich muss atmen. Azur. Der Himmel. Der Himmel über mir azur. Ich war noch nie ohnmächtig und bin es auch jetzt nicht. Luft. Nur, bei Bewusstsein bin ich auch nicht. Mein Körper ist wie von Eissplittern durchzogen, taub und schmerzend zugleich. Ich kann mich fast nicht erinnern. Adrenalinorkane haben mich in den Stunden im Wasser explosionswach gepeitscht, meinen Organismus in ein Flackern aus Überlebenszuckungen verwandelt, aber je mehr ich daran denke, desto mehr vergesse ich. Wie eine spastische Kaulquappe habe ich gestrampelt, um über Wasser zu bleiben. Würde ich jetzt schlafen, stürbe ich vor Erschöpfung. Vielleicht.
Ich muss atmen. Die Eissplitter ziehen in meine Zellen, zerkratzen sie von innen, und mit jedem Schwall weichender Todesangst kommt ein Schmerzschub mehr. Dann ist alles taub. Dann wieder Schmerzsterne. Etwas stößt mir in die Seite, ich kann nicht sehen, was. Jetzt ein Stoß gegen den Kopf. Ein Strahl. Ein Baum. Ein Stock. Nein, es ist ein dicker

Bogen mit einer Sehne, gehalten von einer stahlschwarzen Hand. Stahlschwarz, denke ich, und: Ich lebe, wenn ich wieder Farben ordnen kann, lebe ich. Ein Mann schreit wütend, dann antwortet ein anderer in einer Sprache, die ich noch nie gehört habe. Kurz ist es still, und dann beugt sich einer über mich, zieht meine Augen auf und lacht ein schlackerndes Lachen.

Vier kleine, filigran gebaute Männer mit stahlschwarzer, unbehaarter Haut, bekleidet nur mit Rindengürteln, tragen mich in Richtung Dschungel, durch eine Wand aus Grün. Alle Stränge, Ästchen und Lianen seltsam nach rechts gebürstet. Dazwischen vereinzelt Orchideen und einmal ein krötenartiger, empörend hässlicher Affe, der mich ankreischt und dem ich sagen möchte: Keine Angst, ich bin der Letzte, der Allerletzte, der dir etwas tut. Ich bin so kraftlos, dass du mich mit deinen Fingernägeln in tagelanger Prozedur Millimeter um Millimeter totschaben könntest. Ich könnte mich nicht wehren. Aber der hässliche Affe kreischt, wirft etwas nach mir und verkriecht sich.

SCHÜTTLER. BERLIN. «Schau dir das an», sagt Roman.

«Was denn?»

«Das Video. Hier. Endlich ist es fertig. Ich hab lange für gebraucht.»

Roman drückt auf Play. Man sieht das alles nacheinander. Erst ist alles schwarzweiß. Ein Rumpelgeräusch. Eine kleine Spur auf weißer Fläche wird im Entfernen zu einer kreisförmigen Welle auf einem Unterhemd, sie wird zu der Abzeichnung des Bauchnabels eines bärtigen Mannes in Unterhemd in der Morgensonne von Kreuzberg. Daneben taumele ich

aus der Bar und greife dem Mann freundschaftlich an seine Nase, rüttele daran und schüttle ihm die Hand. Meine Gestik ist pathetisch und roh. Ich erzähle etwas von «Dschungel». Reißendes Papier, das Geräusch durch einen Tonfilter übersteuert. Mein Gesicht darüber. Ich grinse und hole den Steckbrief hervor. Wieder der Bauchnabel des dicken Mannes. Ich grinse und hole den Steckbrief hervor. Ich von hinten, neben mir eine sichtlich zu schöne Frau. Man sieht meinen Hinterkopf immer näher. Man fängt das Wort Glücksaminoide auf. Dann hole ich wieder grinsend den Steckbrief hervor. Ein zurückhaltender, aber dynamischer Tribal-Tech-Beat setzt ein. Bongoähnlich. Meine Linke mit einem Gin Borgward. Im Gegenschnitt immer wieder mein Gesicht.
Ob mir peinlich ist, was ich tue? Pocahontas Schmidt, du, du bist peinlich. Hier zu arbeiten, das ist die letzte konsequente Haltung, die ich mir bewahren konnte, die letzte konsequente Haltung, die man noch einnehmen kann. Überhaupt. – Pocahontas Schmidt – Gar nicht. Weil ich gut bin, weil das alles läuft. – Gar nicht. – Weil ich gut bin. – Gar nicht. – Weil ich versuche, ernsthaft Spaß zu haben – ernsthaft Spaß zu haben – ernsthaft Spaß zu haben – ernsthaft Spaß zu haben – ernsthaft Spaß zu haben. – Es ist nicht so, dass wir Grenzen überschreiten würden. Alle Grenzen liegen unendlich weit hinter uns – mein Leben, mein gottverdammtes, ganzes Leben schon wollte ich sagen: Ich habe einen Plan. – Klick. – Pocahontas Schmidt.
Eine kurze Einstellung meiner halboffenen Augen, in denen sich epileptisches Stroboskopflackern spiegelt, dann ist das Video zu Ende. Roman lächelt mich erwartungsvoll an,

fragt, wie ich es finde. Ich sage, dass ich es nicht ... na ja, zumindest nicht so richtig. Ich trinke aus. Ich gehe.

ROBERT. JILALA ISLAND. Also ist wieder Tag. Ich habe mich mühsam aufgesetzt, nach Tagen des Liegens in Schweiß und Salz, und mich an einen Stamm gelehnt. Inzwischen sind etwa hundert stahlschwarze Frauen und Männer gekommen und haben mich begutachtet, angestupst mit ihren weichen Fingern, gerüttelt und untersucht, mit Fruchtbrei gefüttert, mit Wasser übergossen, ratternd beschimpft, haben ausgiebig gefachsimpelt in einer kehlig klickernden Sprache. Ich habe kaum reagiert. Ein gewitzt glucksendes Mädchen hat mich mit etwas beschmiert. Lange hoffte ich schwachsinnigerweise, dass Ebay zwischen ihnen auftaucht, aber sie sehen anders aus als er. Es sind keine Jarawa. Ich weiß nicht, was sie von mir denken, aber es scheint, dass sie sich uneinig sind. Für mich nenne ich sie Jilala, einfach, weil ich das Wort mag. Shrivatni hatte ein Haschisch-Kochbuch, das so heißt. Als ich das Wort zum ersten Mal las, musste ich es sofort aussprechen und verliebte mich noch im selben Moment unsterblich in diese drei Silben aus rundem Wohlklang und konnte nichts dagegen tun, es immer und immer vor mich hin zu sprechen, wie ein plumpes, kindliches, aber herrlich klingendes Mantra. Jilala. Jilala.
Die Hütte, in der ich nun an einem abgeschlagenen Baumstumpf lehne, hat keine Wände, nur Bastmatten hängen da, die im Wind rascheln. Der Baumstumpf stellt sich, als ich ihn betaste, als Fass heraus, mit Harz dicht gemacht. In mir kämpft die Müdigkeit gegen lodernde Neugier und verliert.

Ich stehe auf, um herauszukriegen, wo zur Hölle ... Und ich falle sofort wieder um.

SCHÜTTLER. BERLIN. Manchmal ginge ich wirklich gern verloren. Man muss sich das mal vorstellen. Eigentlich kann man es sich nur vorstellen, weil es nie passiert. Aber wenn man es sich vorstellt, dann so: In einer frustigen, westdeutschen Stadt einfach nur verloren. In einem ausfasernden Straßengeäst verloren. Man fällt durch Straßen, Gassen, irgendwann werden die Häuser krumm. Die schmalen Giebel. Unbegreifliche Großblöcke aus Beton, platinfarben, ohne Türen. Und irgendwann stehe ich in einem Hof, den Kopf zurückgelegt, Wände laufen spitz zu – und es gibt nichts mehr zu verorten. Der Asphalt schwingt erdkernwärts. Auf jeder Schulter trage ich eine Bleikrähe.
Oder es ist ein Wirbelsturm, der mich aus den Turnschuhen zerrt, erbarmungslos konsequent, und irgendwo wieder absetzt. Er zieht mich über Spinnennetze von Bodenrissen. Mohave Desert. Den Weg hatte ich mir gemerkt, falls ich zurückwandern muss. Aber dann zieht es mich tiefer in den Strudel hinein. Und er setzt mich ab auf einem Sandbürgersteig, in einem sonnenblassen südwestamerikanischen Örtchen. Laredo stelle ich mir so vor. Durch das Surren aus den Telegraphenmasten kriecht ein Buick, hält an, und auf der Motorhaube überschlagen zopftragende Mädchen ihre Beine, ganz ungezwungen. Sie haben nie etwas anderes getan als schlendern, schäkern und winzige Falten in Sommerkleider kneten. Eine heißt Saphira. Ich wollte schon immer mal verloren gehen. Und ich wollte schon immer mal ein Mädchen treffen, das Saphira heißt. Aber dann schüttelt es

mich gewaltig, wie widerlich, was für ein Schleim das doch ist. Das wäre selbst für unsere Zeitung zu viel. Ich meine. Und das heißt schon was!

ROBERT. JILALA ISLAND. An einem mondglänzenden Abend kauere ich mit vier Halbwüchsigen am Feuer. Die gesamte Bevölkerung der Insel umrundet uns im Halbkreis. Jemand setzt uns Schnitte in den Rücken, abwechselnd mit einem Stein und einem spitzen Stock. Es sind schon zweiundzwanzig. Die Jungs versuchen, keine Reaktion zu zeigen, ich tue es ihnen gleich. Ich weiß nicht, was das Ritual bedeutet, eine Art Jilala-Jugendweihe vielleicht, aber es kann nur gut sein. Ohnehin weiß ich kaum etwas vom Leben hier, aber ich würde alles tun, um von ihnen akzeptiert zu werden. Meine Erkundungsgänge verliefen mühselig und schneckenlangsam. Tattrig und unsicher, wie frühzeitig ergreist, und von johlenden Kindern verspottet, setzte ich die nach Tagen noch von Muskelkater stechenden Beine Minischritt für Minischritt voreinander. Vierundzwanzig. Ich habe zwar nur wenig herausgefunden über die Jilala. Aber bist jetzt sind sie wunderbar.
Die Jilala lieben Honig und Muscheln. Sie schmücken ihr Haar mit Hibiskus, dessen Blüten herunterfallen, wenn sie schnatternd lachen. Ihre Familienstrukturen verstehe ich überhaupt nicht. Sie wechseln die Schlafstätte täglich. Wenn ein Jilala sich eine der Pfeifen aus angebohrten Krebsscheren anzündet, nimmt er eine zweite in die Hand und schaut sich um, ob noch wer eine haben möchte; wenn er sich wäscht, schrubbt er auch einem anderen Jilala das Salz aus den Haaren. Sechsundzwanzig. Sie essen vor und nach

Sonnenuntergang aus Kokosnussgefäßen Fruchtbrei mit Marder, Huhn oder Leguan, immer ungesalzen, manchmal auch Ratten. Sie mögen Kraftspiele, wie mich hochheben, wettschwimmen, einander tragen. Ich habe ihnen Armdrücken beigebracht und verliere jede Partie. Siebenundzwanzig. Die Hütten sind umgeben von elfenbeinfarbenen Wällen, bestehend aus ihrem schönen Müll, den leergeschlürften, meist getigerten Muschelschalen.
Der Schmerz beim achtundzwanzigsten Schnitt durchdringt mich vom Zehennagel bis unter den Scheitel, ich biege meine Wirbelsäule, denke daran, fortzulaufen, da springen die anderen Jungs auf. Auch ich schnelle hoch, und alle Jilala jubeln. Eine tanzende, zierliche Frau löst sich aus dem Kreis und bringt uns Gefäße mit Honig. Drei weitere Frauen treten dazu und reiben uns mit dem warmen Seim ein, formen Schalen aus ihren Händen und geben uns ab und zu davon zu trinken. Nach all der Anspannung bricht plötzlich das breite Glühen in meinem Bauch wieder aus, schwemmt Wärme bis unter die Ohren, und ich grinse und grinse selbst noch dann, als ich das Gemisch aus Blut und Honig meine Beine hinuntergleiten sehe, und grinse bis tief in den Morgen.
Dann sitze ich in einem Zustand halber Schwerelosigkeit, die schlagartig wahrhaftiger Schwere weicht, etwa zehn Meter vor dem Dorf in einer Kuhle.
«Das beste Schlussmachen ist mit der Axt.»
Das hat Luca gesagt, als wir gemeinsam in der Hängematte neben den großen Felsen herumschaukelten.
«Niemals!»
Hab ich gesagt. Nicht gesagt habe ich, dass ich noch nie mit

jemandem Schluss gemacht habe. Mit erstaunlich sanfter Stimme hat Luca dann erzählt, Wort für Wort, wie sie einmal betrogen wurde von ihrem viel älteren, viel abgefuckteren Freund, wie sie gar nichts fühlte, als er sie stehen ließ für das «bratzige Stück», gar nichts fühlte, zwei Stunden lang, wie sie sich dann plötzlich vor einem Baumarkt wiederfand, in der Hand eine frisch erstandene Axt, mit der sie dann die Möbel seiner Wohnung in einem Ausbruch auf Sägespangröße zerschlagen hat. Das sei das beste Schlussmachen jemals gewesen, impulsiv, vollherzig und endgültig. Alles war beendet, und es blieb nichts außer einem wirklich hartnäckigen Muskelkater in den Armen. Mir war plötzlich ziemlich schlecht, und ich kotzte in die Kuhle, als ergäbe auf einmal alles Sinn.

«Niemals.»

SCHÜTTLER. BERLIN. Als ich auf der Redaktionsetage angekommen bin, kleckere ich mit dem Kaffee, den mir die Sekretärin wie ein kleines Mitleidsgeschenk in die Hand gedrückt hat, kleckere ein wenig absichtlich und ohne hinzuschauen, kleckere mehrere klebrig braune Tropfen, die mir in Miniaturflüssen über den Handrücken ziehen, und blicke herrlich pathetisch aus dem Fenster. Ich nehme drei Schichten wahr. Die hitzedicke Luft draußen zwischen den Würfelgebäuden, die sich gegenseitig wie Stockcars rammenden Sportkinderwägen, all das bildet samt Fluss und Passanten draußen eine Schicht; dann eine Schicht Glas, kühles, ehrliches, an staubigen Stellen halbmattes Glas, dann die miefige Schicht hier drin, trocken vom Air-Condition-Atem und aufgefrischt durch das wunderbar synthetische Zitrusaroma des Putzmittels, mit dem sie die Büroaquarien polieren. Ich rieche leidenschaftlich gerne Putzmittel. Putzmittel machen sicher ein Drittel der gesamten Geruchserinnerung des Menschen aus. Das weiß nur kaum einer. Ich denke an das Fensterpolierspray, mit dem ich als Teenager immer meinen Computerbildschirm poliert habe, wenn mein Hund mit seiner Zunge darübergeschlabbert hatte. An die verhangenen Nachmittage in den Herbstferien, an denen ich ratlos und tatenlos mit meinem Kumpel Sven vor dem Computer saß. Einmal erzählte Sven, er sei in den Computer gefallen. Drin wäre es besser gewesen als draußen. Er wollte dorthin zurück und dort bleiben, er habe sich ein Level gebaut, in dem er immer rauchen könne, ein Level basierend auf einer Formel, die immer wieder neue Level und neue Formeln und andere Räume erstellt, die man entdecken könne. Es würde dort nie langweilig. Es gäbe auch keine Pandabären. Die hasste Sven.

Ganz selten, nur in wirklich rastlosen Momenten, gehe ich in eine Drogerie, schreite zügig an den ersten Regalreihen vorbei, denn die Putzmittel stehen immer weit hinten. Man muss vorher wissen, welche die richtigen sind, sonst schnüffelt man sich die Nasenscheidewände wund, oder eine lockenwicklergelockte Auszubildende alarmiert den Sicherheitsdienst, weil sie denkt, man sei ein Junkie auf der Suche nach seinem nächsten Lösungsmittelflash. Ich öffne die Kappen behutsam und fächle eine kleine Brise in meine Nase. In diesen Flaschen steckt alles. Ein Putzmittel birgt die Nervosität auf der Schultoilette, mit dem schweißverschmierten Spickzettel in der Hand, eine birgt das Lässige-Geschäftigkeit-Vortäuschen und das Aus-Einsamkeit-und-Unsicherheit-verloren-die-Uniflure-Abschlurfen, eine beson-

ders bauchige Flasche enthält auffallend unfruchtige Abgeklärtheit und den Geruch, wenn die klebrige Stirn an den noch klebrigeren, mikrovibrierenden Zugfenstern lehnt, und eine Flasche birgt den Redaktionsflur, auf dem immer alles im Übergang ist: im Übergang zwischen Schreiben und Kaffee holen, zwischen so tun, als schriebe man, und so tun, als müsse man zwischen all der Arbeit jetzt auch mal eine einzige, kleine Pause machen.
Auf dem Weg zu meinem ehemaligen Büro verteile ich gut die Hälfte des Tasseninhalts auf dem Teppich. Dann stehe ich davor. Die geschlossene Glastür spiegelt mich, die Würfelgebäude stehen kristallglitzernd um den brackbraunen Fluss herum wie verstreutes Spielzeug, alles spiegelt sich. Ich habe keinen Karton für mein Zeug mitgebracht, das wäre zu viel, nur eine kleine Tasche und einen großen Müllsack. Ich öffne die erste Schublade und schütte alles in den Sack. Es raschelt und klappert und rumpelt in klaren und ineinandergreifenden, klackenden Tönen, es klingt irgendwie sehr schön. Einmal klingt etwas kurz wie ein Takt. Wenn jetzt irgendein Hundesohn mit Fensterglasbrille hereinkäme, um die Geräusche aufzunehmen und einen verdammten Minimaltrack mit dem Titel «müll_tüten_tight» daraus zu machen, würde ich ihn samt seines ultrateuren Mikros in die Tüte stopfen und gegen die Wand schlagen, fest und im Takt, natürlich im Takt. Diesen Takt würde ich aufnehmen und meinen Minimaltrack daraus basteln. Er würde in Gesellschaft meines geklauten, antiken Lochers und meines Kalenders von vor drei Jahren sterben. Den Track spielte ich während der Grabrede, die ich mit getragener Stimme hielte.

«Du kannst aus deinem Leben einen Minimaltrack machen, aber nicht aus meinem, hundesohniger Hundesohn. Alles, was man Kunst nennt, ist Kunst – okay, wohlan, meinetwegen –, aber dann muss auch alles, was man nicht Kunst nennt, das Recht haben, keine Kunst zu sein, einfach da zu sein, einfach Geräusch. Ruhe in Frieden und Locherkonfetti.»

Ein würdiger Tod für ihn. Aber es kommt keiner um die Ecke, und eigentlich wäre die Reaktion auch ein kleines bisschen überzogen und unnötig, aber es klang halt so gut. Ich bin allein mit dem Rascheln und Klimpern und schütte und schütte. Einige alte Artikel von mir liegen in der vorletzten Schublade – die untersten sorgsam gestapelt, die letzten achtlos reingestopft. So viel Eitelkeit muss sein. Alle sind recht gut, und alle sind irgendwie auch recht arrogant. Da ist der Nacktmalerinnenartikel, gleich dreimal, weil ich ihn besonders gerissen fand, besonders newjournalismig. Ich lasse mich auf den Teppich sinken und lese, wenn man das denn so nennen kann. Er ist tatsächlich ausgesprochen gerissen und ausgesprochen arrogant. Dann das Bild mit Untertitel: «Die Nacktmalerin in Aktion». Alles mit drauf, der Sonnenaufgang, das Panoramafenster, Moment, das Fenster, Moment – halbwegs erkennbar in der linken Ecke des Fensters, in Schweißglanz, bemalt, starrend, wie ein dunkles Tier, die Augen aufgerissen: ich. Wie sich alles spiegelt. Ein kalter Stich an der Stelle, an die ich nicht genau hinspüren kann. Auf dem Weg zum Fahrstuhl bemerke ich, dass die Tür zur Besenkammer einen Spalt offen steht, hebe mein Handy leicht über Schulterhöhe, und als ich im spiegelnden Display erkenne, dass der Gang hinter mir leer ist, trete ich ein. Von den etwa zwanzig Plastikflaschen Glasreiniger nehme ich zwei.

ROBERT. JILALA ISLAND. Es ist wie in diesem Kindertraum – ich träumte ihn bestimmt drei- oder viermal –, in dem ich durch einen Tunnel hinter dem Esstisch im Kindergarten in die Werkstatt des Weihnachtsmannes gelange, nein, noch weiter, in seine Lagerräume, wo alle Geschenke der Welt aufgehoben werden. Zehn Meter hohe Regale, gefüllt mit verpackten und unverpackten Geschenken. Es ist das Allergrößte überhaupt. Ich beginne, die herrlichsten Geschenke einzustecken, erst kleine, verstaubare, denn ich habe nur die Pyjamahose an, vielleicht ein Gameboyspiel, ein Taschenmesser und eine Wahrsagerkugel aus wasserglattem Kristall, die ich schon immer haben wollte. Es gibt hier unendlich viel mehr, als ich auf meinen ohnehin ausschweifenden Wunschzettel je hätte schreiben können. Und ich gerate in eine rasende Gier, die mir den Herzschlag im Hals pumpen lässt und sich so sehr steigert, bis die Verzweiflung, nicht alles einstecken zu können, irgendwann die Freude über das, was ich schon in den Taschen habe, überschwappt. So wie in diesem Traum ist es auch hier. Ich versuche, alles zu sehen, genau zu beobachten, kann jedoch nicht genug aufnehmen. Die Bilder purzeln mir durch den Kopf. Verlässt man die Jilala-Siedlung halblinks ins Innere der Insel, passiert man Reihen lastwagenhoher Bambusstauden, vorbei an dem in seiner Knubbeligkeit mutiert wirkenden Banyanbaum, und wendet sich dann nach rechts, so kommt man an einen See, noch wärmer als das Meer. Die Badewanne der Jilala. Der smaragdene See ist das Schönste,

was ich, das Schönste, was ich je, jemals sah, überhaupt. Gerahmt von krummen Bäumen und Blumen, richtigen Blumenfeldern, rauschend, weit und voll, deren Blüten der Wind abzupft und über den See streut. Man sieht zu jeder Tag- und Nachtzeit junge und alte Jilala darin, baden, planschen, sich bedächtig reinigen und Tauchwettkämpfe veranstalten. Auch ich lasse mich treiben, stundenlang mit aufgeweichter Haut bis zum Mund unter Wasser wie ein Krokodil. Wenn ich hungrig bin, lasse ich mich kurz von der Luft trocknen, streife durch den Wald und esse, was mir in die Finger kommt, Brotfrucht, unreife Kokosnuss, Kürbisse. Auch den Jilala bringe ich davon mit, aber sie freuen sich selten darüber. Ich esse umgekehrt ebenfalls ungern von ihnen, denn ihre Haltung mir gegenüber ist noch immer, auch nach dem Schmerz-und-Honig-Ritual, unentschlossen.
Diese einfache Versonnenheit. Diese herrlichen Menschen. Niemand muss seinen vor Amphetaminen schlackernden Kiefer mit Valium beruhigen, damit er seinen Gute-Nacht-Joint zwischen die Lippen schieben kann, ohne dass er herausfällt. Strawberry Fields wirkt wie die suffkopfbesetzte Poolbar eines All-inclusive-Resorts gegen das hier, denke ich, im See treibend, näher an eine Gruppe Jilala heran. Sie stehen im Halbtiefen und spielen ein Spiel, dessen Regeln mir nicht klar sind. Zuerst kommen sie zu einem Kreis zusammen und murmeln etwas, dann waten sie auf einen Signalschrei hin rückwärts voneinander weg, jeder einen armlangen Stock in der Hand, den er dann wahlweise wie einen Bumerang oder einen Speer zu einem anderen weiterwirft. Dazwischen Kommandos und Kommentare. Glitzertropfen auf ihren schlaksigen schwarzen Armen. Vielleicht ist es

auch gar kein Spiel, sondern ein Ritual. Am Rande des Sees sind mehrere Wildschweinschädel wie ein breiter Pfeil angeordnet, daneben gestapelte Stöcke. Ich beobachte das Spiel eine Weile, bis sie mich entdecken, was sie verunsichert. Sie unterbrechen, diskutieren, erst aufgebracht, dann ruhiger. Einer geht weg, er wirkt nicht wütend, aber er geht bestimmten Schrittes im vogelscheuchenartigen Gang der Jilala. Der Rest bedeutet mir, zu ihnen zu kommen. Ich glühe vor Freude, aber auch Nervosität. Leichte Wellen auf dem Wasser, der Himmel spiegelt sich darin heller, als er ist, die Bäume schwärzer. Ich soll mir vom Ufer einen der trockenen, harzigen Stöcke holen.

Ich würde jetzt gern rauchen, nur eine Zigarette, die sicher auch bloß halb abbrennen würde, weil sie zu feucht wäre. Ich würde wirklich gern rauchen. Die Jilala blicken mich scharf an. Mir gelingt nur ein schiefes Lächeln, von halbgarer Freundlichkeit. Und dann beginnt das Spiel oder Ritual von neuem, obwohl ich ihnen gar nicht verständlich machen konnte, dass ich die Regeln nicht kenne. Ich rufe:

«Stopp!»

Wie unsinnig. Aber sie schauen gar nicht zu mir, sondern sind auf sich konzentriert. Ich gehe auch mit in die Mitte, wo wir die Stöcke zusammenstecken zu einem Kreis. Was bleibt mir auch übrig? Ich versuche, irgendwie mitzumachen, muss mich weit bücken, weil sie bedeutend kleiner sind als ich. Ihre Haut ist weicher als meine, die von Sonnenbrandschuppen übersät und ledrig vom Salzwasser ist. Und dann muss ich wieder schlucken und merke, dass sich mein Magen zusammenzieht, aber nicht wie bei einer normalen Aufregung, sondern zuckender. Einer der Jilala stößt einen schrillen

Schrei aus. Jetzt heißt es rennen. Ich wate rückwärts, wie ich es vorhin gesehen habe, aber keiner der Jilala bewegt sich. Dass sie meinen entschuldigenden Blick verstehen, glaube ich nicht. Jilala haben eine sonderbare Mimik, die ich nicht durchschaue, meist stehen ihre Gesichter starr, aber dazwischen gibt es oft flinke, grimassierende Gesichtsausdrücke. Das Ritual beginnt noch einmal. Ich spüre einen Druck im Magen, in meiner Speiseröhre, ich habe auf einmal keine Lust mehr, zu rauchen. Mir wird schlecht, die verdammten Früchte. Bitte nicht jetzt. Die Stirnen wieder aneinander. Konzentration. Dann passiert es doch: Mein Magen schlackert, verkrampft sich, ich taumle zurück, reiße den Mund auf und kotze, kotze Fruchtstücke, kotze, die Hand vor dem Mund. Rufe von hinten. Der größte Jilala hebt seinen Stock und versetzt mir einen heftigen Schlag in den Nacken, dann in die Seite. Die Körper der anderen sehe ich noch, sie sind angespannt, in ihren Mundwinkeln liegt Verachtung. Noch ein Schlag in den Nacken.

SCHÜTTLER. BERLIN. Der ausgedruckte Zettel in meiner Hand. Flugpreisvergleich. Los Angeles. Als ich noch um die Welt gereist bin, eine lächerliche Zeit, trug mich meine Trampwut in Amerika Wagen um Wagen immer weiter westlich – manche empfinden bei dieser Reise eine Art Geschichtsromantik. Plötzlich stand ich dann am Pazifischen Ozean und wusste nichts. Was soll man am Meer tun, nachdem man es angeschaut hat? Leute essen und trinken dann für gewöhnlich etwas, sie laufen ein Stück irgendwohin und wieder zurück, und dann können sie schon wieder was essen und ein bisschen das Meer anschauen. Aber das verschiebt das Problem nur. Ich war auf der Reise, da bildet man sich ein, im Wahren zu leben und sowieso immer leben zu müssen. Was auch sonst? Also stand ich kurz am Pazifik, drehte mich um und stieg einfach in das nächste Auto, in dem ich mich neben einem amerikanischen Vorzeigejunkie wiederfand, der mir nach zwanzig Minuten eine Nase Speed anbot und mit radkappengroßen Pupillen ohne Pause die ganze Nacht durchraste, bis wir plötzlich in einem kargen Dorf aus einstöckigen Häusern anlangten. Hütten, die man hätte wegpusten können. Das war Rona, Kalifornien. Es gab dort einfach nur Junkies: degenerierte, kiffende Grundschüler, schmierige Schnapsbrenner, koksende Gebrauchtwagenhändler, grobe Schlampen auf Liquid Ecstasy, Studenten mit Pilzplantagen, klischeekonforme Cracknutten, mexikanische Hundezüchter auf Anabolika, Mütter mit Schwangerschaftsbauch voll Light Beer und Antidepressiva, die, die nur noch starrten – und die Dealer, die einander hin und her scheuchten durch die buckligen Straßen mit den Mülltonnen voller Spritzen, und viele Menschen, deren zersetzte Gesichter verrieten: Crystal Meth. Die ganze Palette an Drogengestalten, die sich eifrig durchmischten und manchmal, wenn es dunkler wurde, verzweifelt miteinander vögelten. Rona hat die dünnsten Wände der Welt, da bin ich mir sicher. Ich wusste ganz schnell, was ich nicht wollte, und dieses Wissen wurde damals zu meinem neuen Wegweiser. Weg von Rona, das war schon mal eine Richtung.

Und jetzt fahre ich da wieder hin. Unglaublich. Meine letzten Kontakte habe ich abgeklopft und ihnen eine Reportage über die Drogenhölle Rona angeboten. Zack: alle angenommen. Der erste Artikel als freier Schreiber und gleich 'ne

Mehrfachverwertung. Wer sagt's denn, Schüttler? Und Rona hat noch andere Vorteile. Wenn man in Rona gewesen ist, weiß man immer sofort, was man will: weg von Rona, und das ist schon ein Anfang. Der Zettel, aufgeweicht in meinem Handschweiß, der die Druckerschwärze der Ziffern zu ungewissen Formen verwischt.

ROBERT. JILALA ISLAND. Alle stehen auf dem Berg, dessen Gipfelfelsen spitz aufragen, sodass es hier oben aussieht wie auf einem zerrissenen Stern. Sie starren zum Meer, auf dem absolut nichts passiert. Wie das gekommen ist, weiß ich nicht, und was es bedeutet, noch weniger.
Es hatte mit den Ratten begonnen. In Rudeln rannten sie das ausgetrocknete Flussbett entlang durch das Dorf. Jilala lieben Ratten, ihr Fleisch, meine ich. Also erschlugen sie die Ratten mit johlender Freude, bis mehr Ratten herumlagen, als sie in den nächsten Tagen essen könnten. Aber es kamen immer mehr. Zwischen den toten Ratten suchten sich immer weitere, lebende Ratten und katzengesichtige Affen den Weg, sie kamen aus der Richtung des Meeres. Wir standen vor den Hütten und betrachteten die seltsame Tierparade. Als das erste Wildschwein aus einem Strauch brach, wurde es unruhig. Gemurmel, zerbrechender Ton, Rascheln in den Mattenwänden, spitze Schreie. Mit ratlosem Gekrächze kamen fünf Jilala vom Meer zurück. In dem Moment bemerkte ich, dass ich seit einer halben Stunde auf einem verkohlten Fischkopf gestanden hatte. Waren mir die Jilala bisher meist liebenswert fremd erschienen, so waren sie mir auf einmal nur noch unbegreiflich. Ich wusste nicht, was mich mehr verunsichern sollte, die Tierparaden oder sie. Eine alte Frau

griff nach einem Skelettstück, das vor ihrer Hütte an einem kupfernen Bastband hing, hob es hoch und begann, es zu besingen. Ein Junge nahm einen massiven Stock und schlug gegen die Luftwurzeln eines wulstigen Baums, sodass es durch die Hüttengasse vibrierte, von deren Boden immer mehr Staub aufstob. Sie begannen, sich langsam in eine Richtung zu bewegen, und zögernd ging ich mit. Wir folgten den Tieren, und jetzt hocken wir hier auf dem Gipfel, rauchen Hummerpfeifen und schauen zum Meer. Aber es geschieht nichts. Und dann doch etwas. Ein Knacken am Strand zieht unseren Blick auf sich und wird im selben Moment zu einem lauteren, dumpfen Krachen. Dann schiebt sich eine ockerbraune Welle über den Strand und weiter und weiter, sie ist viel größer, als sie von hier zunächst wirkt, schiebt sich durch die ersten Bäume des Waldes und reißt gleich Pflanzen mit sich, fällt Bäume und stößt diese dann wieder gegen andere Bäume, die bersten, stürzen, sich verkeilen oder wie einsame Fahnenmaste gegen den Strom stehen. Staubwolken steigen auf, und sandiger Schaum schlürft der Welle voran das tote Flussbett hinauf. Jetzt kreischen die Jilala, halten einander fest. Die Alte singt in brechenden Tönen das Skelett an und löst es von seinem Bastband. Es kann sein, dass die Welt jetzt einfach untergeht, dass irgendetwas zu weit getrieben wurde, die Pole geföhnt und der Erdkern angebohrt wurde und jetzt alles explodiert. Ich hatte immer die seltsame Hoffnung, dass der Weltuntergang in Amerika anfängt. Niemand ahnt, dass es bei Sonnenschein passiert. Man denkt an schwarze Wolken, flackernde Gewitter, Lava, Erdspalten, die Reiter, aber keine Schmetterlinge in tropischer Mittagssonne. Mit unbegreiflicher Kraft

und Ausdauer kracht die Welle, reißt den Hütten die Standbeine weg.
Die Jilala sprechen und singen zwar aufgeregt, in ihren Stimmen ist jedoch eine seltsame Ehrfurcht. Entsetzt sind sie, klar, ängstlich auch, aber nicht hysterisch, sondern irgendwie ergeben.

Der untere Teil des Dorfes ist nur noch ein Haufen schlammiges Treibgut. Und dann fällt alles, was die Welle nicht bei ihrem Durchbrechen zerstört hat, langsam zusammen, als sich das Wasser zurückzieht. Ein schlürfendes, gieriges Geräusch schiebt sich ungefiltert den Berg hoch, und niemand wagt eine Bewegung. Alle starren ungläubig auf den Matschrest im Tal, obwohl man damit auch nicht mehr versteht. Dann ist das Wasser weg und hinterlässt ein wüstes Schlammfeld.
Das Rotorenrattern eines Helikopters. Dann sehe ich ihn. Als Fliegenfleck neben einem Wolkenwust zuerst, und dann schwillt er zu einer eckigeren Form, wird größer, wird tatsächlich zu einem Helikopter, einem camouflagefarbenen Transporthubschrauber mit UN-Schriftzug, der langsam über den einsamen, noch stehenden Bäumen der Insel kreist und dann zum Gipfel schwenkt. Alle zehn Meter, die er näher kommt, werden die Jilala lauter und panischer. Sie schreien und trillern. Ein junger Mann schlägt wie besessen gegen einen Baum, und mehr und mehr Jilala rotten sich zusammen zu einem Halbkreis, die Rücken nach innen. Sie haben wohl Angst, dass jetzt die nächste Strafe der Götter kommt, dabei ist es doch Hilfe. Wenn ich vorangehe und ihnen klarmache, dass der Helikopter kein Feind ist, dass er

die dringend benötigte Hilfe bringt, dann werden sie mir vielleicht folgen. Also gehe ich ihm entgegen, mit beiden Armen wild winkend laufe ich darauf zu und rufe. Als ich mich umdrehe, blicke ich in entsetzte Gesichter, die erschreckt auf mich und wütend zum Helikopter blicken. Sie scheinen keine Angst vor ihm zu haben, wollen ihn aber trotzdem nicht näher kommen lassen. Ein kleiner Junge wirft Kiesel nach mir. Der Helikopter steht nur zwanzig Meter entfernt in der Luft, da beginnen die Jilala zu schießen. Sie setzen ihre knubbeligen Holzbögen mit den dicken Griffen an, Pfeile sirren durch die Luft. Die ersten fliegen zu kurz oder werden verweht. Die nächsten Pfeile prallen schon gegen das Panzerglas des Helikopters. Es sieht sinnlos aus, ist aber ein großes Bild, denke ich kurz. Verzweiflung steht mir sauer im Hals. Ich drehe mich um und sehe wieder nur zusammengekniffene Augen und offene Münder im Wutschrei. Eine Sekunde lang schließe ich die Augen, und inmitten des Rotorenratterns und der Schreie steht die Insel für mich still. Der blumenüberströmte See, die roten Bänder der Jilala. Dann renne ich zum Hubschrauber, während mir Speere nachfliegen, schwenkt er schon wieder ab. Ich winke mit beiden Armen, verliere fast das Gleichgewicht, schreie ihm nach, keine Worte, nur krächzende, röchelnde Laute, aber er ist längst auf dem Abflug. Da breche ich wie ein Läufer nach der Ziellinie zusammen und bin eine Weile überwältigt von der Atemlosigkeit. Ich schnaufe nur noch, am Boden gekauert. Dann spüre ich es im Rücken, das Stechen. Ein Dutzend aufgebrachte Jilala stehen hinter mir. Einer pikt mir einen Stock in den Rücken, die anderen haben ihre Bögen gespannt und auf mich gerichtet. Nur noch Verzweiflung. Ich hebe meine Arme und fuchtle damit herum. Natürlich weiß ich, dass ich nie echten Kontakt zu ihnen aufbauen konnte, weil sie mich nicht im Geringsten verstehen. Keine Geste, kein Lächeln, sie haben alles nur beäugt und abgewiesen.

Es sind Stammelworte auf Deutsch und Englisch, die ich herausbringe, beschwichtigend, bald flehend. Dann lege ich mich vor sie auf den Boden, ich weine und bete und bettle. Der kleine Jilala, der mich vorhin mit Kieseln beworfen hat, blickt seinen Vater fragend an, der ruckt mit dem Kopf, tritt mir in den Bauch und weist auf die andere Seite des Berges. Jetzt ahne ich, was sie meinen. Sie sind nicht sicher, ob ich schuld bin an dem Unglück, aber Glück, das steht fest, scheine ich nicht zu bringen. Ich darf nicht bei ihnen bleiben, aber am Leben bleiben. Dann gehe ich. Der kleine Jilala wirft mir Steine nach.

SCHÜTTLER. BERLIN. Der kleine Jilala wirft mir Steine nach. Genau so fühlt es sich an. Als ich vor Jahren von den Jilala verstoßen wurde und zuletzt sogar der kleine Junge nach mir warf, fühlte ich mich erst vertrieben von einem Ort, an dem ich eigentlich gar nicht richtig gewesen bin. Dann, nach einem kurzen Schock, setzte unerwartet ein Gefühl der Schwerelosigkeit ein, eine apathische Schwerelosigkeit, die mich jetzt auf genau die gleiche Weise überfällt. Es ist dasselbe Gefühl. Ein weißer Lkw zieht rauschend vorbei. Wie das letzte Schaumrauschen einer einst großen Welle gerade brach und alles weiß machte.

Seit etwa einer halben Stunde sitze ich schon hier, umzingelt von Hauswänden, seit etwa einer halben Stunde streiche ich mit der Hand über den Bordstein, seit etwa einer halben Stunde sitze ich mitten auf der Verkehrsinsel. Das rollende Buntblech der Autos schmiert im Augenwinkel durch mein Blickfeld. Es ist genau das. Die Erde wiegt keine Taubenfeder.

ROBERT. JILALA ISLAND. Der Stein des kleinen Jilala ist gerade erst gelandet, hat sich zwischen die anderen Kiesel gefügt. Mit Wucht schwappt eine Schwerelosigkeit herein, eine leicht taube Schwerelosigkeit, apathisch. Hier werde nicht bleiben. Wenn ich je hier gewesen bin. Der Helikopter hat gedreht, hat mich noch gesehen. Er landet auf der Lichtung. Die Erde wiegt eine Kolibrifeder.

SCHÜTTLER. BERLIN. Später, also jetzt, finde ich dieses alte Bild von dir. Nicht in einem speckigen Fotoalbum oder einer Kramkiste, sondern im Kopf, weit hinter den Triumphmomenten, die ich immer wieder gern rauszerre, hinter verkeilten Bildern, die ungefragt auftauchen, vor allem jetzt. Dieses Bild von dir. Bloß an den Rändern leicht verblichen über die Jahre, in denen es vergraben lag, aber in der Mitte fast grell. Alles leuchtet: die Hütten, die Sterne und ein Frachter, schräg vor dem Riff dieser anderen Insel, Barefoot Island. Deine Silhouette mit Silberschimmerfleck auf der äußersten Linie der Hüfte bewegt sich nicht, aber um sie leuchtet es gletschergrün. Irgendwelche Bakterien, die reagieren, wenn man sie aufscheucht. Ein zweiter Sternenhimmel auf dem Boden.
«Versprichst du mir was?»
Die Andamanensee in falschem Dunkelblau. Havelock er-

scheint mir als der Ort auf der Welt, der am weitesten entfernt von Berlin ist. Als sei es die Weltkante. Wenn man an eine Weltkante gelangt, gibt es zwei Möglichkeiten. Die erste ist, dass sich dort der Raum biegt, um hundertachtzig Grad. Ginge man dann weiter in Richtung Osten, käme man dem Heute und Berlin wieder näher, weil der Raum an der Kante eine Schleife macht. Die zweite Möglichkeit ist, dass dort einfach und ernüchternd ein ganz wahrhaftiger Rand steht, den man eigentlich nicht übertreten müsste. Täte man das doch weiter, weil man den Rand nicht sieht oder weil man einfach wegwill, sogar noch von den Andamanen, wären die Augen plötzlich blind vor nichts, man fiele ins Schwarz. Ich erinnere mich kaum, wie ich damals aussah. An dich erinnere ich mich perfekt.

«Weshalb willst du das? Vertraust du mir nicht so?»

Wind zerzottelt die Palmen. Und ich spüre das heute noch, den Regen, warmen Regen.

«Weiß nicht. Sieh es als ein Geschenk an mich.»

Meinen Fuß verletze ich mir an algigem Gestein, weil ich meine Zehen hineinkralle.

«Ich schenk dir was.»

Wie automatisch zucke ich von dir weg. In dem Meter zwischen uns entsteht etwas, das noch jetzt, nach Jahren, weitaus realer ist als meine eigene Hand, die ich über meinen Augen halte. Zurück zu den Andamanen. Etwas, zwischen uns. Wie wenn mein Kopf in Deutschland am kalten ICE-Fenster lehnte und sich das Fenster wölbte durch die Druckwelle eines entgegenkommenden, dreckbraunen Regios auf dem Gleis gegenüber, ich spürte die Wucht und das Rasende, bis das Rauschen abbrach und sich das Fenster zum gerade eingefassten Glasfleck glättete. Aber du, Luca, gehst auf mich zu und schlingst dich um mich. Der Druck ist weg. An dich erinnere ich mich. Deine Locken. Schnörkel am Knaufe des Stuhlarms des Thrones der Königsfamilie eines noch unbetretenen Paradieses. Die Idee, dass auch die spitzeste Spitze von nahem rund ist. Mich zusammenreißen. Du warst eigentlich kein Mädchen für mich, könnte ich denken, versuche ich zu denken, denke ich ein bisschen, bis mir der Gedanke entgleitet. Du bist jetzt älter, ich bin älter, du bist nicht hier, du hast vielleicht ein Kind, sicher einen Mann, wie sich das gehört, nach dem Kind ist dein Bindegewebe vielleicht schwächer geworden, deine Oberschenkel haben eventuell Dellen, nein, deine sicher nicht, aber du hast keine Zeit für dich, du hast ein Kind, für das du deine Zeit ausgibst und dein Geld auch, ein Kind, das ruft, mit einer richtigen Kinderstimme.

ROBERT. GOA. Mein Bett ist gemacht, der Boden gewischt, der Raum stinkt wie immer, das Valiumpäckchen steht wie eine untersetzte Ehefrau neben ihrem herrischen, bauchigen Mann, der Whiskeyflasche. Ich habe mir keine Ravehochburg ausgesucht, ich habe keinen Ein-bisschen-wie-Goa-früher-war-Ort gewählt. Hier ist ein Dorf, ein Dorf mit drei Straßen und fünf von TUI geführten Hotels. Meines ist das teuerste. Mein Zustand ist desolat, der Körper dunkelbraun, der Kopf fühlt sich unerträglich an, die Sachverhalte müssen sich vereinfachen. Das Meer ist morgens am schönsten. Dann liegt manchmal Dunst über der Bucht, und immer scheint die Sonne sanft. Hier ist gerade keine Hochsaison, aber es bleibt Goa. Hier legt immer irgendwer seinen Körper in gegen die Sonne. Ich versuche, nicht an Strawberry Fields zu denken, nicht an Luca, nicht an die Jilala. Es klappt. Immer mal wieder zumindest, ein paar Minuten lang.

Ich ernähre mich vorwiegend von Heineken und Gulab Jamun, Teigbällchen in aromatisiertem Zuckersirup, die schmecken wie Honig auf Honig, nur süßer, geschmacksdimensionale Unendlichkeiten süßer. Das klingt ungesund, ist aber gut für mich. Shilpa hat mir auch gesagt, dass Gulab Jamun gut ist. Als sie mir erklärte, dass ihr Name «Stein» bedeute, wusste ich nicht, was ich sagen sollte. Dann habe ich sie gefragt, wie sie am liebsten heißen würde. Sie schien keine Antwort zu wissen. Für die Musikanlage, die Hunderte kleiner Lautsprecher auf dem Hotelgelände und am Strand bespielt, gibt es exakt zwei Playlisten von etwa achtzig Minuten Länge. Ich mag die zweite lieber, sie enthält kein Lied von DJ Bobo.

Vormittags muss ich fast nie an Luca denken. Abends wird es komplizierter. Wenn ich müde werde, trinke ich Instantkaffee oder lass mich auf die Müdigkeit ein. Abends packen mich manchmal kurze Vitalitätsschube, dann sitze ich bei den Russen an der ungeschickt mit Muscheln verzierten Bar, und ich proste ihnen herzlich zu. Wenn es mir schlechter geht, sitze ich auch an der Bar und proste nicht.

«Trinken ohne Trinkspruch ist Saufen.»

Das hat mir ein Russe erklärt, ein Russe mit beachtlichem Kreuz, aber sehr langen Fingern, ein Russe im navyblauen Bademantel mit Kronenaufdruck. Ich habe gefragt, ob saufen schlimm sei. Er hat verneint und getrunken, ohne Trinkspruch. Ich spürte etwas wie Brüderlichkeit. Ich muss mich erholen. Die Hotelanlage ist riesig. Ich spreche jeden Abend

mit anderen verlorenen Idioten und erzähle ihnen meine Geschichte. Mal hören sie schlecht zu, mal sehr schlecht. Aber das ist auch egal. Es tut immer weh, aber immer weniger. Ich mache kleine Fortschritte. Die Vergangenheit, das muss einem erst mal klar werden, gibt es ja gar nicht. Es gibt die unmittelbare, frische Erinnerung. Dann vergisst man den originalen Eindruck entweder oder erzählt so oft davon, dass die Version, die beim In-Worte-Fassen entsteht, die tatsächliche Erinnerung überlagert und verwässert und weiter verwässert. Das führt dazu, dass es keine Vergangenheit gibt, der Mensch aber die allertiefsten Schläge ausgleichen kann. Neulich habe ich in der Lobby im «Stern» von einer Studie gelesen, die besagt, dass der größte Unzuverlässigkeitsfaktor der Lügendetektoren jene Lügen sind, die die Probanden schon sehr oft erzählt haben, weil der Körper dann nicht mehr reagiert, weil er sich an die Lüge besser erinnert als an die Wahrheit. Das gefällt mir.
Weil ich Shilpa ein Kopfgeld auf deutsche Illustrierte und Unterhaltungsromane ausgesetzt habe, liegt seit vorgestern ein Stapel von etwa zwanzig Büchern und fünfzig Illustrierten neben meinem Schrank. Solche Sachen kann man in jedem Zustand lesen. Die «Gala» vom Dezember habe ich siebenmal gelesen, alles darin. Ich schlafe immer lange und träume nie.
Jener Traum, dass ich im Lagerraum des Weihnachtsmannes bin, geht eigentlich noch weiter. Nie endet er in dem schönen Moment, wo man alles einstecken kann. Manchmal variiert er. Dann muss ich aufs Klo und suche nach öffentlichen Toiletten im Weihnachtsmannlager. Die fand ich nie. So endete der Traum schon, aber eben nie in dem Moment,

wo man alles haben kann. Er geht weiter. Ich gerate etwa in rasende Gier, verzweifle vor Gier, stopfe immer mehr in meine Taschen. Als mich die Wichtel entdecken, laufe ich, ducke mich, versuche, im Gehen noch ein paar Geschenke zu greifen, zerre wahllos Zeug aus den Regalen. Ich nehme ein ferngesteuertes Boot unter den Arm und renne zum Ausgang. Aber alles fällt mir aus den Händen und Taschen, das Boot, das Gameboyspiel, zum Schluss sogar die Wahrsagerkugel, deren Splitter auf den Lagerboden liegen bleiben. Die Wichtel haben mich am Ohrläppchen erwischt, und ich ahne plötzlich, dass es dieses Weihnachten gar nichts gibt.

Es klopft.

«Roomservice, Sir.»

Die Tür geht auf, Shilpa verbeugt sich, tritt einen halben, zaghaften Schritt ins Zimmer.

«Everything okay, Mr. Roberto Carlos?»

«Everything okay, Shilpa. Everything okay.»

Mein Flug geht in einer Woche.

«If you need something, just call Shilpa.»

Ich nicke sehr, sehr langsam. So langsam, dass während einer einzigen Senkung des Kopfes die Ebbe die Flut ablöst.

«Sure, I will.»

«Goodbye.»

«Shilpa?»

«Yes, Sir?»

«One more plate of Gulab Jamun, please.»

SCHÜTTLER. BERLIN. Ich denke immer, es ist nur noch ein Schritt, nur noch ein Schritt. Auf der Party, auf der ich Luca vor Ewigkeiten kennengelernt habe, saß ich irgendwann mit einem mittelmäßig schönen und mittelmäßig sympathischen Mädchen, immerhin mit roten Haaren, in der Küche und war so geschwätzig und aufgeregt wie oft. An einer zerstocherten Pinnwand klebte eine Art Collage. Jemand schien ein Buch zerschnitten zu haben, es waren dreizehn feuerzeuglange Streifen mit je nur einem Vers und etwas weißem Papier dahinter. Die Ecken standen ab, vom Küchendunst lasiert. Der Dichter war sogar daneben geschrieben. Ich kannte ihn nicht. Der Zerschnipsler hatte die Fetzen wie einen Erpresserbrief zusammengeklebt zu einem neuen Gedicht, es war zugleich rotzkitschig und unhaltbar schön, es war beides auf einmal, fand ich. Heute würde ich bei so einem Schmalz explodieren. Doch ein wenig, das muss ich zugeben, vermisse ich das: etwas einfach nur hemmungslos schön zu finden, dieses breite Gefühl, etwas schön finden zu dürfen, ohne dass darunter und darüber fünf Ironieebenen mitschwingen, zehn Reflexionsspiegelchen eingebaut sind und der Ballast alles jemals Gelesenen und Gesehenen mitschwingt.

Oder das: Wenn jemand in einem verschimmelten Betonraum aufwächst, jahrelang nichts als Betongrau und Schimmelgestank um sich, und dann plötzlich lässt man ihn raus, und er sieht nichts als ein Poster in knalligen Farben, mit einem Wolf darauf, der jault, vor einem springenden Delfin in fliederfarbenen Wellen mit Mond und einem Sonnenuntergang auch noch dazu, und es ist das Schönste, das er jemals gesehen hat, ein großes, echtes Gefühl, das den ganzen Körper einnimmt und zumindest einen Uhrzeigerschlag nicht wieder hergibt. Ich werde versuchen, wieder etwas zu mir zu kommen.

Das Mädchen fand die Gedichtcollage einfach nur so blöd, und ich sprach ihr dafür innerlich das Recht auf rote Haare ab. Bei allem Kitsch, den ich ja auch sah, faszinierten mich die letzten beiden Zeilen des Gedichts unerträglich. Nach einem kurzen, prüfenden Blick mit sanft desinteressierter Verachtung sagte ich knapp, dass ich es auch blöd fände. Und später, vor dem Heimgehen, steckte ich es in meine Hosentasche.

wie funken seine goldaugen
grün umringt im hain voll sternenfunken
lustgreise könige bauchredner
von durst entseelt
schlürfend als wär's duft
doch stets ohne ein gebet
abrakadabrische gezeiten
noch ein schritt
und ich bin am ende der welt

Es sind noch zehn Busstationen zum Flughafen. Noch ein Schritt, und ich bin am Ende der Welt. Wenn sie ein gutes Angebot haben, fliege ich auch sofort. Obwohl, na ja. Der Wagen ist kaputt. Vor mir sitzen zwei goldbekettete jugendliche Kapuzenpullis, die ständig «Ganz ehrlich!» sagen. Das ist so eine Floskel, mit der fast alle Jugendlichen im Bus immer ihre Sätze einleiten, und zwar jeden zweiten Satz. Ich vermute, dass sie das auch außerhalb der Busse tun, aber da treffe ich keine Jugendlichen, zumindest höre ich ihnen nicht zu. Dass sie die Ehrlichkeit bei der Hälfte ihrer Sätze ausdrücklich beteuern, bedeutet im Umkehrschluss, dass die andere Hälfte vermutlich unwahr ist. Das finde ich wirklich aufrichtig, denn bei dem, was ich so erzähle, ist es nicht anders. Ich kann es nicht ertragen, das Ungenügende ständig überall. Wenn ich ehrlich bin, habe ich mich gar nicht richtig beschrieben. Nur verraten. Das hat mal jemand so ähnlich geschrieben.

Zügig steige ich aus dem Bus, weiche einem Sportkinderwagen aus, wechsle die Straßenseite und steige in einen anderen Bus mit gleicher Nummer, lasse den schweißgewellten Zettel wie ein Herbstblatt auf den Busboden taumeln, und noch bevor er seinen Segelflug beendet hat, habe ich mein Handy schon aus der Hosentasche gekramt. Inzwischen habe ich die Nachricht so oft gehört, dass ich die Nummer auswendig weiß. Ich drücke sie in die Tasten. Null, eins, sieben, neun, sechs, acht, sechs, fünf, drei, zwei, null. Der Bus schlottert. Als Luca sich nach dem zweiten Klingeln meldet, sage ich:

«Ich denke, das ist deine Nummer. Du wunderst dich sicher. Ich musste auch anrufen.»